書下ろし

夜の同級会

橘 真児

祥伝社文庫

目次

第一章　処女の願い

1

八月十三日、月遅れの盆の入り。

田舎《いなか》に帰郷したその日の夜、中鉢恵介《ちゅうばちけいすけ》は中学時代の友人から呼び出された。明日の同級会を前に幹事たちが集まって飲んでいるから、一緒にどうだと誘われたのだ。

恵介自身は幹事ではない。同級会を企画したメンバーは、地元や県内に残っている者たちだ。東京の大学を出て東京で就職した彼は、単に送られてきた葉書の出席に丸をつけて投函《とうかん》しただけである。

もっとも、今回何年ぶりかで帰省したのは、同級会のためではない。この春、何かと世話になっていた伯父《おじ》が亡くなり、葬儀に出られなかったのだからせめて新盆《にいぼん》には帰ってこいと、両親から厳命されていたのだ。そちらは昼前に伯父宅を訪れ、焼香を済ませていた。

ともあれ、どうせ帰省するからと、同級会にも出席することにしたのである。だから、プレ同級会の誘いに応じる義理はなかったものの、かと言って他にやるべきことがあったわけではない。久しぶりの実家は、もともと自分の部屋だったところを兄夫婦の子供が使っていたから、居場所もなかった。

そういう消極的な理由で出向いたものの、懐《なつ》かしい面々と顔を合わせたことで、恵介は故郷に帰ったことを強く実感させられた。

田切《たぎり》郡梅津《うめづ》町――。

ここは日本海側の内陸部にある、人口が一万人に満たない小さな町だ。夜になれば、メインストリートも街灯以外の明かりがほとんどなくなる。若い世代の人口流出が著《いちじる》しく、寂《さび》れていく田舎町の典型みたいなところである。

それでも、お盆ともなれば帰省する者が多い。今回の同級会も、その時季を狙って企画されていた。

ただ、正確には同級会ではなく、同学年会か同期会と呼ぶべきかもしれない。中学は学年二クラスしかなく、途中クラス替えもあったから、全員が同級生みたいなものだ。出欠の葉書も、同期の全員に出されたはずである。

恵介がプレ同級会に呼び出された店は、町で一軒しかないスナック『ぽぷら』だ。上京する前、そこは古びた食堂だった。いつの間にか小綺麗に改装され、白壁の垢抜《あかぬ》けた店舗に様変わりしていた。

しかしながら、看板の営業時間を見ると、夜だけでなく昼間もやっているようだ。ラーメンやカレーライスなどの食事メニューも豊富だから、やっていることは昔と変わっていないのかもしれない。

店内はカウンターの他にボックス席が五つあり、うちふたつを梅津中学校同級会の幹事たちが占領していた。ソファータイプの椅子を動かし、くっつけたテーブルをぐるりと囲《かこ》むのは、恵介を含めて総勢十一名。うち、女子はふたりである。

ただ、正式な幹事は女子二名を含めた五人だ。残りの面々は彼と同じように呼び出されたわけではなく、いつもこの店で飲んでいるという地元の常連だった。

「変わってねえなあ、恵介」

隣に坐《すわ》った小学校も一緒の友人に、故郷訛《なま》りの大声で言われて、恵介は苦笑した。

「それはお互い様だろ」

などと返したものの、もう二十九歳なのである。中学時代と比較すれば、当然ながら隔世の感は否《いな》めない。変わっていないなんて世辞は、そうでありたいという願望の裏返しでしかなかった。

「恵介はずっと東京だよな？」

隣の席の友人——内田《うちだ》が訊《たず》ねる。彼は幹事ではなく地元組で、この店の常連とのことだった。

「うん。大学のときからずっと東京かな」

「全然こっちに帰ってきてねえみてえじゃねえか。こないだ、恵介んとこの母ちゃんに会ったら、正月も帰らねえんだわって文句言ってたぞ」

「ああ、仕事が詰まってて、ちょっとな」

「なに、ひょっとして、成人式のときから帰ってなかったのんか」

「そうなるかな。うん」

「仕事って、なに——」

内田が質問を口にしかけたところで、もうだいぶ酔っているらしい向かいの男が割り込んでくる。

「おい内田。おめえ、来週の試合は出れるんだろうな」

「おお、たぶんだいじょうぶだわさ」

「え、試合って？」

恵介が首をかしげると、向かいの男——加藤《かとう》が赤らんだ顔にシワを刻んで笑う。彼も同じ小学校の出身だ。

「早朝野球さ。役場のチームと試合があるのんや」

言われて、彼が中学時代に野球部だったことを思い出す。スポーツマンで、女子にも人気があった。顔が赤いのは酒焼けかと思ったら、日に焼けているせいもあるらしい。

「あれ、だけど、内田は野球部じゃなかったよな？」

「こっちに残っとる人間がおらんからさ。駆り出されとるのんさ」

「へえ」

「今ここにおるのも、だいたい野球のメンバーだしな。だけも、野球部だったのんはおれと安東《あんどう》ぐらいだわ」

加藤が席の端にいる巨漢の男のほうに顎《あご》をしゃくる。彼はたしか、中学の野球部ではサードを守っていたはずだ。

「安東もデブらんけりゃ、今もサードだったのんにな」

内田の言葉に、恵介は「え、違うのか？」と訊ねた。

「見たまんまキャッチャーさ」

内田と加藤がニヤニヤする。自分が話のタネにされていると気づいたのか、安東が訝《いぶか》る眼差《まなざ》しをこちらに向けた。

「なにさぁ?」

その間延びした問いかけが面白かったのか、ふたりは声をあげて笑った。

「いいから、おめえはそっちで飲んどれさ」

「女に囲まれとるからって、デレデレしとんじゃねえぞ」

安東のはす向かいと左隣は女子が坐っている。だからと言って本気でやっかんでいるわけでないことは、口調からわかった。

それを受けて、ふたりの女子も安東をからかう。

「えー、安東くん、うちらに囲まれてデレデレしとるのん?」

「そらそうだわなあ。このんセクシーな女の子がいっしょにおったら、ドキドキしてたまらんなるわなあ」

「なに言うとん。馬鹿じゃねえのんか」

安東は憤慨しながらも顔を赤くし、誤魔化すようにグラスに口をつけた。

そんな気の置けないやりとりを前にして、恵介はふと疎外感を覚えた。この場にいるのは、普段から親交を持っている者たちがほとんどで、自分だけが浮いているというか、場違いだと感じられたのだ。

何人かは高校も同じだが、特に親しかったわけではない。それでも同じ町の出身で、全員が同じ中学校を卒業したのである。しかも顔を合わせるのは成人式以来で八年ぶりなのだから、もっと思い出話に花を咲かせてもいいはずだった。

なのに、恵介が気詰まりさを覚えたのは、方言で声高に話す旧友たちに引け目を感じた所為《せい》だ。女子のふたりも、中学時代はここまで訛っていなかったはず。それだけ地元に長くいるということなのだ。

（みんな大人になったんだな……）

来年には三十歳になる。すでにいい歳であり、結婚して子供が生まれた者もいる。大人になったなんてのは、褒《ほ》め言葉にもならない。

ただ、単純に年齢的な理由のみで、大人だと感じたわけではなかった。

地元で働き、仲間同士の交流を持ち、生活基盤を確立させている彼らは、しっかりと地に足がついている。それに比べて、東京で仕事に忙殺される日々を送っている自分は、結局のところ何もしていないように思えたのだ。

それはおそらく、今の仕事が本当にやりたいことではなかったからだろう。

「お待たせしました、焼きそばとウーロンハイです」

スナック従業員の女の子が声を明るくはずませ、飲み物とおつまみ代わりの軽食を運んでくる。

ふっくらした頬と、垂れ気味の目があどけなさを感じさせる笑顔は、まだ高校生のように見える。服装も開襟シャツにジーンズのミニスカートと、活動的でシンプルだ。その上に当てたピンクのエプロンが愛らしい。

しかし、『ぽぷら』の経営者の娘だという彼女——渡辺麻由美《わたなべまゆみ》は、れっきとした二十歳《はたち》の大人である。と、恵介はついさっき教えてもらった。

「麻由ちゃん、サービスで大盛りにしてくれんかったのんかぁ」

加藤が声をかけると、麻由美は「もう」と軽く頬をふくらませた。

「そんなにサービスばかりしてたら、ウチも商売になりません」

「おれらお得意様だねっか。サービスしたぶんぐれえ、すぐ取り戻せるねか」

内田も食い下がったが、かえって墓穴を掘ったようだ。

「だけど、内田さんはツケがけっこう溜《た》まってますけど。先にそっちを取り戻してもいいですか?」

「うわ、やっべえ」

内田が冗談っぽく頭を抱える。そのとき、麻由美がこちらに視線を向け、不思議そうな顔をしたものだから、恵介はドキッとした。

他の旧友たちは、すでに顔なじみである二十歳の愛らしい娘に軽口を叩《たた》いたり、からかったりしていた。けれど、丸っきり初対面の恵介は、彼女と言葉を交わすことはなかったのである。

ただそれは、異性に対してあまり積極的になれない性格のためもあった。

「こちらのひとも、内田さんたちの同級生なんですか？」

「おお。中鉢恵介って、上宮川《かみみやかわ》のやつさ」

「そうなんですか。でも、会ったことないですよね？」

「こいつはずっと東京におったからさ。ほら、おれら明日同級会をやるから、それで帰ってきたのんさ」

「へえ」

なるほどという顔をした麻由美にまじまじと見つめられ、恵介は居たたまれずに俯《うつむ》いた。いい年だし、丸っきり女の子を知らないわけではなかったものの、十歳近くも離れた娘の視線を浴びるのが照れくさかったのだ。

「麻由ちゃんは、東京に行こうとは思わんかったのんか？」

加藤に訊ねられ、麻由美は首を横に振った。

「全然。だって、あたしは高校しか出てないし、東京なんかに行っても、田舎者だって馬鹿にされるだけですもん」

「東京の人間が、みんな大学を出とるわけじゃねえだろ。なあ、恵介」

話を振られ、恵介は戸惑いつつも「ああ、うん」とうなずいた。

「恵介だって東京でちゃんとやっとるんだし、麻由ちゃんの同級生だって、東京に出とるやつがおるだろ」

「まあ、それは……でも、あたしはいいんですってば。ひとがたくさんいる都会よりも、田舎でのんびりしてるほうが性《しよう》に合ってますから」

自分に言い聞かせるみたいにきっぱりと主張し、麻由美はその場から下がった。すると、内田が思い出したようにさっき言いかけた質問をする。

「そういや、恵介は東京で何をやっとんだ？」

「え？　ああ、出版社に勤めてるよ」

「へえ、すごいじゃねえか。そういや、恵介は本を読むのが好きだったもんな」

「ん、まあね……」

「どんな本を出しとるんさ？　小説は読まんけど、漫画ならちったあわかるぞ」

「いや……教育関係の雑誌や専門書を出してる出版社なんだ。名前を聞いても、たぶんわからないと思うよ」

「そっか」

内田は納得したようなしないような、どこかきょとんとした面持ちでうなずいた。もしかしたら、誰もが知っている大手以外の出版社なんて、存在そのものが頭になかったのかもしれない。

おかげで、恵介はますます劣等感に苛《さいな》まれることになった。

（おれがやってる仕事なんて、大多数の人間にはどうでもいいことなんだろうな）

卑屈《ひくつ》なことを考え、ひとり落ち込む。もちろん、そんな内心を周囲には悟られないよう、平静を装っていたが。

恵介が勤める教生《きょうせい》出版は、教師向けの雑誌や指導書、ＤＶＤ教材などを出している。ただ、書店に置いてあるものはごく一部だ。雑誌は郵送による定期購読がほとんどだし、他の出版物も学校に出入りする教材会社経由で斡旋《あっせん》してもらうか、ダイレクトメールで注文を取るのが主だった。

よって、教育関係者以外にはほとんど知名度がない。そうとわかっているから、旧友に社名を教える気にならなかったのだ。

（おれだって有名な出版社とか、せめて文芸書を出してるところに勤めたかったさ）

心の中で愚痴《ぐち》り、やり切れなくなる。

内田が言ったとおり、恵介は昔から本を読むことが好きだった。一時は自分も本を書きたい、作家になりたいと考えたこともあった。

しかし、作文は苦手だし、話を作ることも得意ではない。だったら、自分の読みたい本をプロデュースすればいいと考え、編集者になることを目指した。

ところが、長引く不況の影響もあり、大手ばかりか中堅の出版社にも入ることができなかった。就職浪人だけは避けたいと焦《あせ》りまくり、とにかく「出版」と名前がつく会社ならどこでもいいと奔走《ほんそう》して、ようやく滑《すべ》り込めたのが今の会社であった。

教生出版は、教育系の出版社としては、そこそこ名前が知られている。それに恵介は、大学では教職課程も選択し、いちおう教員免許も取得した。だから、まったく筋違いな選択というわけではなかった。

けれど当然ながら、望んでいたような文芸作品の編集には携《たずさ》われない。

現在、恵介は学級経営に関する雑誌の編集部にいる。様々な実践を進めている教師たちに原稿を依頼し、また、教育評論家や、PTA活動に熱心な親にインタビューをして意見を求め、原稿をまとめるのが主な仕事だ。

ごく稀《まれ》に、教育に一家言を持つ作家にエッセイを依頼することがあった。そのときはかなり嬉しかったが、誌面のレイアウトをしながら、これが小説だったらといつもため息をついた。

そんなふうだったから、仕事として編集者の仕事をこなしていたものの、決して心から打ち込めてはいなかった。文芸書の出版に携わりたい、小説雑誌の編集をしたいと欲しても、今の会社では到底叶えられない。

教育関係ではない大手や中堅の編集者と顔を合わせる機会があるたびに、恵介は文芸関係の編集がしたいことを打ち明けた。向こうも多少は興味を示してくれることがあったが、やはり畑違いのところに勤めているからだろう、こっちに来ないかと声をかけられることは一度としてなかった。

わざわざ東京まで出たのに、自分のやりたいことが何もできないなんて。その所為でいつまでも足元が定まらず、フワフワと漂《ただよ》っている感覚を拭《ぬぐ》い去れずにいた。

こうして故郷に戻り、地元の近況や仕事のことを堂々と語る旧友たちを目にすると、彼らこそが本当に生きている、己《おのれ》の人生を歩んでいると感じられる。それが恵介の劣等感を、いっそう大きなものにしていた。

「おい、あしたの二次会もここなんだよなあ」

加藤の問いかけに、幹事の男が答える。

「おお。九時から貸し切りにしてもろうたわ」

「そらええわ。他の客がおると、遠慮せんならんしなあ」

などと言いながら、今も他の客がいるにもかかわらず、けっこう遠慮なく振る舞っているのであるが。

「あさってだと貸し切りは無理だったろうけも、あしたなら何ともねえわ」

「何であさってだと無理んのんやぁ」

「成人式だねっか」

「おお、そうだったかや」

そこへ、麻由美が飲み物を運んでくる。

「今年の成人式って、麻由ちゃんだちの学年じゃねえっけ?」

加藤に問いかけられ、麻由美は愛嬌のある笑顔を崩さずに「そうですよ」と答えた。

「やっぱり振り袖着るのんか?」

「成人式っていっても、ウチの町のはそんなあらたまったヤッと違うじゃないですか。同級会みたいなものだし、晴れ着をきる子なんてまずいませんよ」

成人の日は一月だが、地方では地元を離れた人間が出席しやすいように、八月のお盆に成人式を実施するところが多くある。梅津町もその例に倣《なら》い、毎年十五日に実施されていた。

出席者は全員が同じ中学の出身だ。それも年齢ではなく、学年で区切って集められる。

式のメインも懇親会《こんしんかい》という名目の飲み会だから、麻由美が言ったように同級会とほとんど変わらない。ただ式典があるというだけのことで。

だいたい夏場だから、晴れ着では暑くてかなわないだろう。新成人代表で挨拶《あいさつ》をする者を除き、多くは軽装で参加するのが常であった。

梅津町では、同じ学年の全員が二十歳を迎えた次の年度に集められるから、誕生日が早い者はすでに二十一歳になっている。恵介もそうだったから、どうして今さら成人式なのかとうんざりしたものだった。

それでも、出席率は例年ほぼ百パーセントに近い。地元を離れた者たちにも、親たちが成人式だから帰ってこいと厳命するからだ。行事には全員参加を旨《むね》とする、田舎にはありがちな意識がしっかりと根付いていた。

「たしかに、おれらのときも晴れ着なんかおらんかったな」

質問した本人がそんなことを言ったものだから、麻由美は頬をふくらませた。

「もう。わかってるんなら、いちいち訊かないでくださいよ」

「いや、おれたちのときからだいぶ経ったから、ひょっとして変わったんじゃねえかと思ってさ」

「こんな田舎町の行事が、十年も経たないうちに変わるはずないですよ。たぶん、ずっと昔から同じようにやってるんじゃないですか？」

「まあ、そらそうだわな」

「そういや、おれらの成人式って、誰が講師をやったんだっけ？」

麻由美がカウンターに戻ったところで、内田が話題を振る。成人式では町出身の功を成した人間が、三十分ほどの講演をするのである。ほとんどは議員や医者、まれに大学教授といった、社会的地位のある人々であった。

「あいつさ、ほら。町議だった三田幸造《みたこうぞう》」

「ああ、そっか」

「つまらん話しかせんかったから、おれはずっと寝とったぜ」

「もうちょっとマシな講師はおらんかったのかなあ」

「あれは選挙前だったし、おれらに投票してもらおうって魂胆《こんたん》だったのんさ」

「それって選挙違反じゃねえのか？」

「成人式を企画する役場の連中もグルだしな」

「でも、結局落選したねっか」

「あんな見え見えなことしたから、反感買ったのんさ」

「無駄んことしたなあ」

みんなが笑いあったところに、麻由美が再び注文された品を運んでくる。

「はい、生ふたつと焼き鳥、お待たせしました」

他のボックス席もすべて埋まっており、彼女はもうひとりの女の子と一緒に、忙しく動きまわっていた。店の内装はスナックでも、これではほとんど居酒屋である。

「麻由ちゃんだちの成人式は、誰が講師で来るのんや？」

訊ねられ、一瞬きょとんとした麻由美であったが、すぐに「ああ」とうなずいた。

「村瀬《むらせ》菜々子《ななこ》さんっていうひと。六年ぐらい先輩で、あたしは読んだことないですけど、ベストセラーの本を手がけた編集者だって」

「そら珍しいとこから呼んだなあ」

「そうすると、おれらの後輩か」

「それ、村瀬佳菜子《かなこ》の妹じゃねえか？」

同級生の名前が出て、恵介はドキッとした。もっとも、姉の名前を出されずとも、妹である菜々子のことは知っていたのだが。

恵介は中学時代、文芸部に所属していた。創作はほとんどしなかったが、読んだ本のレビューを会誌に発表し、三年生の時には部長も務めた。

村瀬菜々子はそのとき一年生で、文芸部の部員だったのである。

しかし、同じ部の後輩という理由だけで憶えていたわけではない。なぜなら、中学時代の彼女はおとなしく、目立たない少女であったから。

今の菜々子は、麻由美が言ったとおり編集者だ。それも恵介とは違って、大手の出版社に勤めている。

まだ二十七歳と若い彼女が、ほとんど無名だった作家に長編を書かせ、それを地道な営業と口コミだけでベストセラーに押し上げた話は、ジャンルの異なる恵介の出版社にも伝わっていた。世間的には作家ばかりが脚光を浴びていたが、業界ではどんな編集者が手がけたのかということが話題の中心であったのだ。

東京で最初に菜々子の名前を耳にしたとき、恵介は同郷の後輩であるとすぐにはわからなかった。けれど、出身地や年齢を聞くに及んで、あの目立たない少女だったのかと驚いたのである。

その本は受賞こそ逃したが、有名な文学賞の候補にもなり、ますます編集者の目の確かさが称賛された。次は誰にどんな本を書かせるのかと、菜々子には業界全体が注目していると聞く。

後輩の活躍を、しかし恵介は素直に喜べなかった。自分のやりたかったことを若くして成し遂げた彼女に羨望《せんぼう》を抱き、それに比べて自分はスタートにすら立っていないのだと、ますます劣等感を募らせた。

(菜々子ちゃんが講師に呼ばれたのか……)

その事実にも、深く落ち込む。

同郷の後輩という、なまじ知っている人間の功績であるがゆえに、嫉妬を覚えずにいられない。同じ編集者という立場でなかったのなら、もっと冷静に受けとめられたのだろうが。中学時代、愛読していた本の良さを彼女の前で調子に乗って語ったことまで思い出し、何を偉そうにしていたのかと、耳たぶが熱くなるのを覚えた。

「ああ、そうだわ。二年下におったわ」

「姉ちゃんと違って、わりとおとなしかったんじゃねえか?」

他の旧友たちも思い出したようである。生徒数が多くないから、後輩のこともけっこうわかるのだ。

「佳菜子の妹が編集者か。恵介、知っとったか?」

内田に訊ねられ、恵介は「ああ、まあ」とうなずいた。

「じゃあ、東京で会うこともあるのんか?」

「いや。出している本も違うし、向こうは大手だからさ」

答えてから、口調が卑屈じゃなかったろうかと気になる。しかし、内田は「ふうん」と興味なさそうに相槌を打っただけであった。そして、どうやら菜々子の手がけた本は誰も読んでいないらしく、彼女の話題がそれ以上ふくらむことはなかった。

むしろ彼らの関心は、同級生である姉のほうに向いていた。

「佳菜子は農協のレジの仕事はやめたのんか？」

「おお、そういや最近見んなったな」

「知佐子《ちさこ》、知っとるか？」

「うん。先月でやめたって聞いたよ」

「今は何しとるん？」

「家におると思うけも。ばあちゃんが入院したっていうから、家の手伝いをしとるんじゃねえかなあ」

「そら大変だなあ。まあ、旦那の世話がいらんから、そのぶん楽かもしれんけど」

「別れて正解だったかもな」

内田の言葉に、恵介は（え？）となった。そんなことは初耳だ。

「村瀬さん、離婚したのか？」

「おお。恵介は知らんかったのんか」

「うん……」

高校を卒業して間もなく、彼女が婿《むこ》養子を迎えたことは知っていた。同級生の中では一番早く結婚したはずである。

「おい、佳菜子が別れたのって、いつだったっけ？」

内田の問いかけに、だいぶ飲んだのか顔がさらに赤くなった加藤が、それでもしっかりした口調で答えた。

「たしか、おれらの成人式の翌年だったぜ」

「結婚したのんは高校卒業してすぐだったよな。そうすると三年、四年ぐらいか」

「そんなもんだな」

「だけど、どうして離婚したんだろう？」

恵介の問いかけに、内田は「さあ」と首をひねった。

「夫婦のことは夫婦にしかわからんわさ」

「あれじゃねえの、性格の不一致ってやつ」

誰かが言ったことに、一同がうなずく。

「知佐子は何か知っとるか？」

「ううん、何も。春《はる》ちゃんは知っとる？」

「わたしも知らんよ」

同性の友人にも、離婚に関する情報は伝わっていないようだ。

「まあ、子供がおらんでよかったわさ。女手ひとつで育てることんなったら、それこそ大変だったろうし」

「もしかして、子供ができんから別れたんじゃね？」

「旦那が種無しか。そら婿として失格だわ」

女子が同席していても露骨な話題を出せるのは、それだけの年齢になっているからか。

しかし、みんなが笑いあう中で、恵介は眉間《みけん》のシワを深くしていた。

下世話なネタを愉しめないほど生真面目《きまじめ》なわけではない。誰あろう佳菜子のことだったから、あれこれ考え込んでしまったのだ。

（……ひょっとして、おれのせいなんだろうか）

そんな思いにも囚われ、胸が不穏な高鳴りを示し出す。

妹の菜々子はおとなしい少女だったが、姉の佳菜子は活発で聡明。リーダー的な資質もあり、中学時代はずっと学級委員を務めていた。

あの頃の彼女を、恵介は今でもありありと思い出すことができる。

中学生らしい清潔感あふれるショートカットはサラサラで、近くに寄るといつもシャンプーのいい香りがした。長めの前髪が半月型の目を際立たせ、成績が良くて言動もしっかりしていたから、同い年とは思えない大人っぽさがあった。

そこまではっきりと記憶しているのは、佳菜子のことが好きだったからだ。

もっとも、本を読んでばかりで内向的な恵介に、告白する勇気などあるはずがない。彼女とは高校も一緒だったが、ほぼ六年近くも想いを秘めたまま、気持ちを伝えることなく東京の大学に進んだのである。

だから、それから半年も経たないうちに、母親との電話で佳菜子が結婚したと聞かされたとき、信じていたものをすべて否定されたようなショックを受けた。

恵介はまったく知らなかったのだが、彼女には高校のときから付き合っていた男がいたとのことだった。てっきり県内の国立大学に進学したと思っていたのに、そちらは合格したものの入学を辞退したという。

おそらく、結婚するために。

どんな事情があって、早々に人生の伴侶を決めたのかはわからない。子供ができたからではなさそうだし、田舎にはありがちなことだが、家の都合か何かではないか。

成人式で佳菜子と再会したとき、印象がほとんど変わっていなかったことに恵介は安堵した。けれど同時に、もう他の男のものになったのだと考えると、無性に悲しかった。薬指のシルバーリングが、中高生の頃以上にふたりの距離を遠くしており、やり切れなさが募った。

成人した彼女は昔よりもいっそう明るく快活《かいかつ》になり、恵介にも屈託《くったく》なく話しかけてくれた。それが嬉しくもあり、けれど素直には喜べなかった。

その所為で、あんな無謀な行動をとってしまったのかもしれない。

「なんだ、恵介。全然飲んどらんねか」

加藤に言われ、恵介は反射的に生ビールのジョッキを手に取った。三分の二ほど残っていたそれを、一気に飲み干す。

「おお、やるじゃねえか」

「けっこう飲めるようになったんだな」

内田が目を丸くしたのは、成人式のときに恵介が飲み過ぎて倒れたことを憶えていたからだろう。

だが、あれからアルコールに強くなったわけではない。なのに、そんな無茶な飲み方をしたのは、そうせずにいられなかったからだ。

同郷で後輩なのに、編集者として早々と結果を出した菜々子に、恵介は著しい敗北感を味わった。成人式の講師として呼ばれるなんて、こんな田舎町にまで高名が届いているのである。

それと比べて、同じ東京で同じ仕事に就いていながら、自分は何をやっているのか。かつては部長と部員の関係だったのが、完全に逆転している。

（おれはこれから、ずっと芽が出ずに終わるのかな）

やり切れなさと焦りを覚える。また、佳菜子が離婚したと知り、あの軽率な行動が招いた結果なのかと責任を感じた。

それら負の感情が苛立ちや自暴自棄を生み、次の飲み物を注文させる。

「お待たせしました、レモン酎ハイです」

麻由美が持ってきたジョッキを受け取るなり、恵介はまた一気に半分近くまで空けた。すでにできあがっていた旧友たちは、そんな彼にさほど注目することなく、談笑を続けている。

「あの、ピッチが速いみたいですけど、だいじょうぶなんですか？」

飲んでもらったほうが有り難いはずの、店の娘である麻由美のほうが心配顔だ。

「ああ、平気だよ。気にしないで」

すでに頭の中に霞《かすみ》がかかりだしているくせに、恵介は強がった。ただ、明らかに酔っていたが、二十歳の娘に親密な軽口を叩くことはしなかった。

いいや、できなかった。

やはり自分は臆病なのだろうか。なのに、あんなことをしてしまったなんて。欲望まみれの、盛ったケモノみたいなことを。

劣等感を振り払うように、恵介はジョッキの残りを空けた。

「もう一杯もらえるかな」

「あ、はい……」

戸惑いを浮かべつつ、麻由美は空のジョッキを受け取った。何となく哀れまれている気がして、ますます自分が情けなくなる。

（おれなんて、どうせこの程度の人間なんだよな）

田舎で飲んだくれているのが性に合っているのだと、自《みずか》らを貶《おとし》める。そのとき、ふと八年前の記憶が蘇った。

（そういや、あのときもこんなふうだったんだよな）

成人式のときに飲み過ぎたのも、今みたいにヤケになっていた所為だ。

ずっと好きだった女の子が結婚し、しかも本人と再会すれば明るく声をかけてくれた。懐かしい友達のひとりとして。

ようするに自分は、彼女にとってどうでもいい存在だったのだ。それを思い知らされ、酷《ひど》く惨《みじ》めだった。

（おれなんて、いてもいなくても同じってことなんだよな……）

佳菜子の顔が浮かぶ。それも中学時代の、まだあどけなかった頃のものが。

中学のとき、どうして好きだと言えなかったのだろうか。月日が流れた今も、あれこれ思い悩むだけで前に進めずにいる。

つまるところ、自分はまったく成長していないのだ。だから仕事で満足な結果を出すことができず、プライベートもぱっとしない。

それどころか、かかわった人間を不幸にしている。

自身を殴りつけたい衝動にかられつつ、恵介は運ばれてきた新しいレモン酎ハイに口をつけた。炭酸の泡が柑橘《かんきつ》系の香りをむせ返るほどにまき散らし、唇に当たる氷がやけに冷たい。

（どうなったっていいのさ——）

冷たい液体を、勢いよく喉に流し込む。

しかし、憶えているのはそこまで。あとはすべての明かりが消えたみたいに、恵介は闇の中に沈んでいった。

ぼんやりする頭の中に、フラッシュバックする光景があった。どうやら記憶の一部であるらしい。

断片的だったのは、ずっと封印していたからなのか。ともあれ、地割れから吹き出す地下水みたいに、次々と溢《あふ》れてくる。

思い出したくないのにと、恵介はもがいた。ところが、少しも抑えられない。否応なく、それを思い出してしまう。

それは八年前の記憶だった。

2

闇の中で目を覚ました恵介は、真っ先にあのときのことを悔《く》やんだ。自らを責め、それからようやくどこにいるのかと考える。

(また酔いつぶれちゃったのか……)

軽い頭痛がしている。八年前ほどではないが、頭の芯《しん》がぼんやりする感じがあった。

また前後不覚に陥《おちい》り、誰かの家に運ばれたらしい。懲《こ》りもせず同じ過ちを繰り返すなんてと、つくづく自分が情けなくなる。

あたりはしんと静まりかえっている。目が闇に慣れ、和室の蒲団に寝かされていることがわかった。普段あまり使われていないのか、畳の青い匂いがする。家具らしきものも見当たらないから、客間なのかもしれない。

(まったく、とんだお客様だよ)

自虐的《じぎゃく》なことを胸の内でつぶやき、恵介はため息をついた。

胸の上には夏用の薄い掛けものがある。ここの家のひとたちは、すでに休んでいるのだろう。眠っているのを起こしてしまっては、二重に迷惑をかけることになる。

ここは朝までおとなしくしているほうがいい。そう考えて目を閉じようとしたとき、部屋の戸がすっと開いた。

(え――!?)

廊下の薄明かりが室内に差し込む。闇に慣れた目にはやけに眩《まぶ》しく、こちらを覗《のぞ》き込む顔も完全なシルエットになって、誰なのかわからなかった。

ただ、向こうにはこちらが目を覚ましているとわかったようだ。

「起きてらっしゃいますか?」

囁《ささや》くような声は、明らかに女性のものだ。それも、かなり若い。

(あれ、この声は?)

どこか聞き覚えがあることに、恵介は気がついた。

ただ、八年前とほとんど変わらぬ状況のためか、現実感があまりない。それに、つい今し方そのことを思い出していたから、デジャヴというか、夢の続きを見ているような気分であった。

問いかけに答えることもできずぼんやりしていると、シルエットが室内に入ってくる。後ろ手で戸を閉めたらしく、再び真っ暗になった。

それでも、迷いもなく蒲団の脇まで進んできたのは、勝手知ったる自分の家だからか。畳をこする足音に、戸惑いながらも聞き耳をたてていると、すぐそばで身を屈《かが》める気配があった。

ふわ――。

空気の動きにのって、乳くさい匂いが漂う。石鹼の香りも感じられたから、入浴後なのだろう。

（誰なんだ、このひと……？）

見当がつかずにいると、顔を覗き込まれる。

「起きてますか？」

再び囁かれるのと同時に、清涼な吐息が鼻先を掠《かす》める。かなり接近しているとわかった。だが、やはり誰なのかわからない。

「あ、はい」

返事をし、焦って起きあがろうとすれば、胸元に手が当てられる。

「そのまま寝ててください」

訳がわからぬままじっとしていると、掛けものの端がめくられる気配があった。続いて、甘い匂いのする固まりが、中にすべり込んでくる。

「え、ちょ、ちょっと」

彼女が蒲団に入ってきたものだから、恵介は慌《あわ》てた。けれど押し返すこともできず、縮《ちぢ》めたからだを強《こわ》ばらせる。

(何なんだよ、いったい)

とりあえず誰なのか確認しなければならないと思えば、

「あたし、誰だかわかりますか?」

と、向こうから問いかけてきた。また甘い吐息が顔にかかる。密着しているわけでもないのに体温まで感じられたものだから、恵介はどぎまぎした。

「いや……全然」

「麻由美です。お店でお酒とか運んでた、渡辺麻由美」

名乗られてようやく、スナック『ぽぷら』の娘だとわかった。

「え、それじゃここは君の家なの？」

「はい。まあ、店とは棟《むね》続きなんですけど」

どうやら酔いつぶれて、そのままお店の厄介《やっかい》になってしまったらしい。このあたりの気やすさも、顔なじみばかりの田舎町ゆえか。

「じゃあ、他のみんなは？」

「明日は同級会だからって、早めに帰られました。あと、内田さんから伝言で、家のほうには連絡しておくから、朝までゆっくり寝ているようにって」

彼らも飲んでいたから、代行か何かで帰るのだろう。寝入ってしまった酔っ払いを連れていく余裕はなかったらしい。

(だったら、せめて誰かの家に泊めてくれればいいのに)

友人宅ならまだしも、特に付き合いがない家の世話になるのは、かなり気詰まりだし心苦しい。

「ごめん……悪かったね、迷惑をかけて」

恐縮して謝ると、麻由美が「いいえ」と答えた。

「気にしないでください。酔っ払ったお客さんを泊めたことは、前にもありましたから。

それに、皆さんは連れて帰るって言ったのを、あたしがウチで休んでもらえばいいって、ちょっと強引に引き止めちゃったんです」

「え？」

どういうことかと、恵介は何度も瞬《まばた》きをした。

驚いたおかげで目は完全に冴《さ》え、頭のぼんやりした感じもなくなっている。すぐ目の前にいる二十歳の娘の顔はほとんど見えなかったが、大まかな輪郭と、瞳の澄んだ輝きを捉《とら》えることができた。

「実は、ちょっと心配だったっていうのもあるんです。恵介さん、急にたくさん飲み始めたから。何だか思い詰めた顔もしていましたし」

荒れていたのが麻由美にもわかったらしい。頬が熱くなったのはそれを恥じたのと、名前で呼ばれたことが照れくさかったためもあった。

そのことを、彼女はすぐに察したようだ。

「あ、すいません、恵介さんなんて呼んで。馴《な》れ馴れしかったですか？」

「いや……べつにかまわないけど」

「中鉢さんって、ちょっと呼びづらかったから」

弁解したものの、本当は親しみを込めて名前で呼んだのではないのか。でなければ、こうして蒲団にまで忍んだりしまい。

ただ、ここまで大胆なことをする理由が、さっぱりわからなかった。何しろ、今日会ったばかりなのだ。

(ひょっとして、前に会ったことがあるのかな?)

恵介が高校を卒業して上京したとき、麻由美はまだ小学生ぐらいだ。同じ町に住んでいるのだから、何かのときに顔を合わせた可能性はある。しかし、そんな昔のことを憶えているものだろうか。

ともあれ、わざわざ寝床にやって来たのは、何か目的があってに違いない。それを確認しようとして恵介がためらったのは、妙な雰囲気を感じ取っていた所為だ。

(いや、こんな子が、まさか——)

要は男として興味を持ち、夜這いをしかけてきたのではないか。だが、スナックの手伝いをしていても、麻由美には水商売の女っぽいすれた感じはなかった。明るくて素直そうな子であり、積極的に男を求めるタイプとは思えない。

(でも、田舎の女の子のほうが、体験するのは早いって話もあるぞ)

遊ぶ場所がなく、他にすることがないから性的な行為に向かうのだと、もっともらしく書かれた雑誌の記事を読んだことがある。それに、跡取りの長男長女は早いうちに相手を確保する必要があるから、とにかく既成事実を作ってしまうのだとも。

論拠が薄いように思えるものの、実際、佳菜子のように早々と結婚した例もある。まるっきり出鱈目《でたらめ》ではないのかもしれない。

そうすると、純真そうに見える麻由美ではあるが、すでに男を知っていて、ひとときの快楽を求めてやって来たとも考えられる。すでに二十歳なのだから、経験していても何ら不思議ではない。

だからと言って、会ったばかりの男に性的な関係を求めるのは、あまりに大胆すぎやしないだろうか。

「……あの、実は恵介さんにお願いがあるんです」

麻由美が言いにくそうに話を切り出す。恵介は次第に大きくなる動悸を気にしながら、

「え、なに？」と訊き返した。

「突然でびっくりされるかもしれないんですけど……あたしを抱いてくれませんか？」

そういう行為を求めているのではないかと、密かに予想していたのである。けれど、実際に口にされれば、冷静に受けとめることなど不可能だ。

「ど、どうして!?」

焦りをあらわに問いかけると、彼女がすうと息を吸い込む気配があった。決心を揺るが

せまいとしてか、低く落ち着いた声で告白する。

「あたし、バージンなんです」

これは予想していなかったから、恵介は思わず息を呑んだ。

「だ、だったら、尚さらどうして？」

「だから、エッチを体験したいんです」

麻由美の返答はシンプルだった。要は早く処女を捨てたいということなのか。成人式を迎える前に。

ただ、その相手がどうして自分なのだろう。

「いや、そういうのは、ちゃんと好きなひとと――」

道徳的なことを述べようとしたものの、即座に反論されてしまった。

「彼氏をつくってからってことですか？　そんなのを待ってたら、いつまで経っても体験できません」

「だけど……好きなひとはいないの？」

「はい。だから恵介さんにお願いしたいんです」

「麻由美ちゃんは可愛いから、誘えば誰だって協力してくれると思うよ。わざわざおれなんかに頼む必要はないんじゃないのかな」

麻由美がモジモジする。可愛いと言われて照れたらしい。

「あ、あたしは可愛くなんて……」

モゴモゴと口ごもってから、縋《すが》るように身を寄せてきた。

「でも、地元の子だとダメなんですよ」

「ど、どうして？」

吐息がいっそう甘く香り、恵介は気圧《けお》されてのけ反った。ここまで接近されては、さすがにまったくふれあわずにいることは困難である。どうやら彼女はパジャマ姿であることまでわかった。

「ここらのひとたちって、とにかくウワサをすることが好きなんです。男のくせにみんな口が軽いし、どれだけ慎重にしたってバレるに決まってます」

そういう地元の下卑《げび》た噂話は、恵介自身も耳にしたことがある。さっきのプレ同級会だって、話題になったのはその類《たぐ》いのことばかりだった。

「その点、恵介さんはここの出身でも、今は東京に住んでるんですよね。それに、口も固そうだから、他のひとにペラペラ喋ったりしないと思うんです」

「そりゃ――」

肯定しようとして、恵介は口をつぐんだ。自分が初体験の理想的な相手であるととられてはまずいと考えたからだ。

だが、麻由美のほうはそうであると決めてしまっているらしい。

「だから、お願いします。あたしを抱いてください」

「いや、でも……」

「あたしのこと嫌いですか？　女の子として、全然魅力ないですか⁉」

「そ、そんなことないよ」

「だったらいいじゃないですか。もし、好きでもない男のひとするのがダメっていうのなら、あたし、恵介さんのこと好きです」

出し抜けの告白に、恵介は固まった。その場しのぎの発言だとわかっていても、女の子から面と向かって好きだなんて言われるのは、これが初めてだったからだ。

八年前の初体験のあと、恵介は一度だけ違う大学の女の子と付き合った。

人数合わせで呼ばれた合コンで、自分と同じようにあまり乗り気でなさそうな子がいた。逆に気になって話しかけたところ、彼氏にフラれたばかりだと打ち明けられた。落ち込んでいたのを見かねた友人に、無理やり連れてこられたとのことだった。

恵介のほうも失恋したようなものであったし、特に下心もなく親身になって話を聞いてあげた。みんなと別行動になり、ふたりだけで飲みに行ったところ、だいぶ酔った彼女から親密な関係を迫られたのである。おそらくは失恋のつらさや寂しさをまぎらわしたかったのだろう。

そのとき、誘われるままラブホテルに入ったのは、恵介自身も自棄《やけ》になっていたところがあったからだ。何しろ、惨めな初体験のあとだったから。

自分のことは打ち明けなかったものの、恵介はその子と傷を舐め合うように何度も交わった。もちろん、それで気分が晴れるわけがなかった。

その後、彼女とは惰性のように付き合い、会うたびにセックスをした。けれど、そんな自堕落《じだらく》な関係が長続きするはずがない。半年も経たないうちにどちらからともなく連絡を取らなくなり、自然消滅した。

あれは快楽に耽《ふけ》ることで互いの隙間を埋め合っていただけの関係だ。だから、恵介は彼女に好きだと告げなかったし、彼女の口からもその類いの言葉が出ることはなかった。案外、彼女のほうが、そのあたりを割り切っていたのかもしれない。

ともあれ、恵介の女性経験には、少しもロマンチックな要素がない。アルコールと自己嫌悪にまみれた、殺伐《さつばつ》としたものばかりだ。

そのため、麻由美から好きだと言われ、かなり舞いあがってしまった。

「嘘じゃありません。お店でも、他のひとたちと違って落ち着いてましたし、ちょっと影のあるところが素敵でした。恵介さんって、あたしのタイプなんです」

ストレートに言われて耳たぶまで熱くなる。それは単に、ウジウジと悩んでいたのを誤解しているだけなのだ。買いかぶりもいいところだと思ったものの、真剣に迫られては無下に撥《は》ねつけることなどできない。

もちろん、受け入れることも。

恵介が何もしないものだから、麻由美は焦《じ》れたらしい。いきなり顔を両手で挟まれたと思ったら、唇に何かを押しつけられた。

ふにっと弾力があり、甘い香りがするそれは、間違いなく処女の唇だ。

（まさか――）

驚愕に身を強ばらせていると、麻由美がわずかに身じろぎした。

「ンふ――」

かすかな鼻声に続き、吐息が唇から洩れ出す。それは温かく湿っていた。

恵介はいつしかうっとりして、くちづけを受け入れていた。無意識に手を柔らかな肉体に回し、そっと抱き寄せる。

唇を重ねただけのおとなしいキスを、いったいどれぐらい続けていただろう。どちらからともなく離れると、ふたりは同時にふうと息をついた。

「……あたし、キスも初めてです」

そう告げた彼女の瞳は、光がなくても潤《うる》んでいるとわかった。

「ファーストキスをあげたんだから、ちゃんと責任とってくださいね」

理不尽なはずの言葉が、なぜだか耳に心地よく響いた。

3

闇の中で、ふたりは着ていたものをすべて脱いだ。

「恥ずかしい……」

何も見えないのに、麻由美が消え入りそうな声でつぶやく。もっとも、初めて男の前で肌を晒《さら》すのであり、羞恥《しゅうち》を覚えるのは当然だ。

（おれ、この子とセックスするんだ——）

すでにためらいはなくなっていたものの、現実感がほとんどない。だからこそ、降って湧いたような状況を受け入れられたのではないか。

柔らかな女体を胸に抱けば、肌のぬくみとなめらかさに感動がこみ上げる。全裸での抱擁は久しぶりで、恵介は意味もなく身をくねらせたくなった。

(ああ、これが……そうなんだ——)

女性とは何て素晴らしいのだろう。抱き合うだけで、身も心も融け合う心地がする。

重なった胸もとで柔らかくひしゃげる乳房は、それほど大きな盛りあがりではない。いかにも純真な処女らしくて、恵介は好感を持った。このいたいけなふくらみに、様々な思いを秘めてきたのだろう。

背中をさすっていた手が自然と下降する。意外とボリュームのあるヒップはぷりっとして弾力があり、搗《つ》きたてのお餅《もち》にマシュマロの肌ざわりを足したかのよう。このままいつまでもさわっていたい。

「やん……」

麻由美が小さな声を洩らし、下半身をモジつかせる。切なげに息をはずませているから、嫌がっているわけではない。はっきりした快感とまでいかずとも、いくらかの快さにひたっているようだ。

(子供っぽく見えたけど、充分に大人なんだな)

だからこそ、早く体験して女になることを欲したのだ。

艶《つや》めいた反応に、当然ながら牡《おす》のシンボルは血流を集め、ズキズキと脈打つ。しかし、それを悟られることのないよう、恵介は腰を引いていた。

彼女から求めてきたとはいえ、まだバージンなのだ。怖がらせてはいけないと配慮したのである。昂奮状態にあっても、その程度の分別は持っていた。

ところが、麻由美は自ら手をのばしてきた。さすがにすぐ勃起を握ったりはしなかったが、いかにもさわりたそうに下腹から腿《もも》のあたりをさする。

どうやら好奇心と恥じらいがせめぎあっている様子だ。年頃の娘らしい惑《まど》いに、愛《いと》しさがふくれあがる。

恵介は彼女の手を取ると、牡の猛《たけ》りにそっと導いた。筋張った肉胴に指先が触れるなり、細い肩がビクッと震える。

けれど、逃げることなくされるままになっていた。

「むう」

ほんの軽いタッチでも、柔らかな指は切ない快美をもたらす。恵介は熱い鼻息をこぼした。さらなる悦びを求めて、緊張した指を分身に巻きつけさせる。

「あ――」

麻由美が小さな声を洩らし、身を強ばらせる。手の中で脈打つものを、ためらいがちにであるがキュッと握った。

「ああ……」

快さが広がり、恵介は腰を震わせた。穢《けが》れなき処女の手が、己の不浄な部分に触れていると考えるだけで、背徳的な愉悦が理性を痺《しび》れさせる。

「……こんなに大きくなるんですか?」

問いかける声は震えており、今にも泣き出しそうにか細い。平常状態と比べての感想というわけではなく、予想していたよりも逞《たくま》しかったから、今さら恐怖心がこみ上げたのだろう。闇の中で、目で確かめずに握っている所為もあるのかもしれない。

「そうだよ。怖い?」

「ちょっとだけ」

健気《けなげ》に答え、肉胴に回した指に強弱をつける。

「すごく硬い」

ため息交じりにつぶやき、指の輪を少しずつ移動させて形状を確認する。

愛撫と呼ぶには焦れったい触れ方に欲望を滾《たぎ》らせ、恵介は彼女の中心へと手を移動させた。指先にか細い叢《くさむら》が絡み、秘められた湿地帯へと指先を進ませようとする。

ところが、その寸前で麻由美が腿をキック閉じてしまった。

「うう……」

恥じらいの呻《うめ》きが聞こえる。男のものを握ることはできても、秘部をいじられることはそう簡単には受け入れられないらしい。

無理強《じ》いして怖がらせてはいけないと、恵介は慎重に前戯を進めた。簡単に毟《むし》れ取れそうな秘毛を摘《つま》んで軽く引っ張ったり、Yの字のラインを何度もなぞったりした。

それから、優しくくちづける。

「んぅ……」

唇を重ねると、麻由美はホッとしたようにからだから力を抜いた。恵介が秘部に中指をすべり込ませると、それに対抗するみたいに舌を差し入れてくる。

「んッ、ンふ」

吐息がはずみ、下半身がイヤイヤをするようにくねった。

（濡れてる——）

指先に温かな蜜がまつわりつく。それを用いて敏感な肉芽が隠れているところをこすると、ペニスに巻きついた指も忙《いそが》しく動いた。

唇も穢されていなかった、真っさらの処女。おそらくそれは、本能的になされた愛撫なのだろう。硬い芯を包む包皮をスライドさせ、牡に快さを与える。

「むうぅ」

恵介は悦びにひたって可憐な舌を吸い、乱暴にしないよう秘核への刺激を続けた。互いの性器を愛撫しあうことで肉体が熱を持ち、肌が汗ばんでくる。

麻由美の腿は徐々に緩《ゆる》み、指も二本まで受け入れた。清らかなスリットは花弁のはみ出しがほとんど感じられず、けれど合わせ目は滲《にじ》み出た愛液でヌルヌルだ。彼女も充分に高まっているようである。

しかし、処女地に侵入するには、充分すぎるほど濡らしておく必要がある。仮に痛みがあっても軽く済むよう、恵介は丹念に秘割れをなぞり続けた。

「むうう……ふはッ」

息が続かなくなったらしく、麻由美がくちづけをほどく。恵介にしがみつき、切なげに若いボディをわななかせた。

「あ、あたし……いやぁ」

声を震わせて嘆《なげ》くのは、秘部がしとどになっていることを自覚しているからではないのか。実際、クチュクチュと音がたつほどに割れ目をこすってあげると、すすり泣き交じりに「ダメ、恥ずかしい」と訴えた。

「麻由美ちゃんのここ、すごく濡れてるよ。もう充分に大人なんだね」

決して羞恥を与えるために告げたのではない。そこがそうなるのは自然なことだと伝えたかったのである。

けれど、彼女は恵介の首もとに顔を埋め、「バカぁ」となじった。自ら抱いて欲しいとねだってきたのが嘘のような恥じらいっぷりだ。

(なんだかんだ言っても、やっぱりバージンなんだな)

大胆な行動も、懸命に自らを鼓舞してのものだったのだろう。愛しさがこみあげ、恵介はシャンプーの甘い香りを漂わせる髪にそっとキスをした。

そして、指を恥裂に沈めないよう注意して、丁寧になぞり続ける。

「う、んふぅ……はあ」

喘ぎが艶めいて高まる。二十歳の裸身が、なまめかしい甘酸っぱさを漂わせた。

「あ、ああ、もぉ――」

ペニスを捉えた手が、愛撫の動きを大きくする。一方的に感じさせられては、主導権を完全に奪われると思ったのだろうか。亀頭に被《かぶ》さっては剝《む》ける包皮にカウパー腺液が巻き込まれ、ニチャニチャと泡立った。

「け、恵介さんのだって、ヌルヌルになってますよ」

多少はお返しができた気になったらしく、声が得意げだ。先走りのトロミを用いて、亀頭粘膜を指の腹でこすることまでする。

(気持ちいい――)

腰をよじらずにいられない快感にまみれたものの、こちらはずっと年上なのだ。その程度の逆襲で恥ずかしいと思うわけがない。

「そりゃそうだよ。麻由美ちゃんの中にスムーズに入れるように、おれのほうも濡れてなくちゃいけないんだから」

平然と言い返せば、麻由美が「ううー」と悔しげに呻く。優位に立とうと懸命になっているのがわかるから、つい意地悪をしたくなった。

「麻由美ちゃんは、ここを自分でいじったことがあるの？」

クリトリスを包皮越しに圧迫しながら問いかければ、牡を愛撫する手が咎《とが》めるようにギュッと握ってくる。

「そ、そんなこと――」

口ごもったということは、経験がないわけではないのだろう。「ふうん」と思わせぶりに相槌を打つと、鼻をクスンと鳴らして牡棒を強く握った。

「そ、そういう恵介さんはどうなんですか⁉」

ムキになって問い返したのをほほ笑ましく感じつつ、恵介はあっさりと認めた。

「あるよ、何度も」

これは麻由美にとって予想外の答えだったのだろう。

「へ、ヘンタイ」

悔しそうになじる。子供じみた意地を張るのが可愛らしくて、恵介はさらにあらわなことを告げた。

「べつに変なことじゃないさ。今、麻由美ちゃんがしてるみたいに、ペニスを握ってしごくんだ。そうすると気持ちよくなって、最後に精液が出るんだよ。もちろん今だって、すごく気持ちいいけど」

「やん」

恥じらった麻由美が、牡器官を愛撫する動作を止める。このまま射精したらまずいと思ったのだろうか。

普段なら同性相手にだってしないような開けっ広げな告白をしたのは、愛らしい処女をからかってみたくなったからだ。いや、むしろ、苛《いじ》めたいというか。

まだ酔ってるのかなと自分でもあきれつつ、恵介は恥ずかしい質問を続けた。

「ね、自分でしたことある?」

敏感なポイントを刺激されながらの問いかけに、しらばくれることは困難だったらしい。彼女は声を震わせて白状した。

「うう……た、たまに」

早く体験したがっていたぐらいだ。そのときのことをあれこれ妄想し、自らをまさぐったとしても不思議ではない。

「自分でいじると気持ちいいの？」

「ちょっとだけ……」

「今とどっちが気持ちいい？」

「やぁん」

縋りついた麻由美が、小さくしゃくり上げる。苛めすぎたかなと思えば、肉胴に巻きついた指が再び動き出した。

「い――今のほうがずっと気持ちいいです」

口早に答えてから「ヤダぁ」と嘆く。途端に、恵介の中に激しい衝動が湧いた。

（ああ、可愛い）

興奮のあまり、指を秘割れに深く沈ませてしまう。すると、それほど力を加えたわけでもないのに、ずぶずぶと呑み込まれたものだから驚愕した。

（え――!?）

女芯の裂け目には、ぬるい蜜液がたっぷりと溜め込まれていた。指が侵入したために、それがぢゅぷっと押し出されるのがわかった。

（こんなに濡らしてる……）

辱めを受けながらも昂ぶっていたのだろうか。それとも、クリトリスを執拗に刺激されたからなのか。

処女でありながらいやらしい蜜をたんまりと溢れさせていることに、恵介は昂奮を抑えきれなかった。情愛も募り、荒々しく唇を求める。

「ンふ――ううぅ」

麻由美は鼻を鳴らして激しいくちづけに応えた。恵介が舌を差し込むと自らのものを絡め返し、貪《むさぼ》るように吸いたてる。

チュッ――ピチャピチャ……。

口許からこぼれる音と似たものを、女唇もたてているはずであった。男の指にかき回され、そこはさらなる湯蜜を溢れさせる。

「ん、んんッ、むふぅ」

切なげな吐息を唇の隙間から洩らし、麻由美が裸身をくねらせる。秘核だけでなく、内側の粘膜も快感に目覚めているよう。オナニーはたまにしかしないと告白したが、もっと頻繁にいじっているのではないだろうか。

（いやらしい子だ）

けれど、それで幻滅することはない。自分に正直なだけであり、むしろいじらしいと感じる。これだけ濡れるのであれば、結合もうまく果たせるだろう。

今夜初めて握ったはずのペニスも、すっかり彼女の手に馴染《なじ》んだらしい。しごく動作がリズミカルになり、包皮をうまく使って適度な刺激を与えてくれる。

（ああ、たまらない）

互いに悦びを与えることで体温が上がり、寝具の中がすっかり熱くなっている。シーツも汗で湿り、肌に張りつく感じがあった。

今度は恵介のほうが我慢できなくなり、くちづけをほどいた。

闇の中で、吐息をはずませる麻由美の顔はほとんど見えない。けれど、潤んだ光を湛える瞳はわかった。じっと見つめると、吸い込まれそうな気分になる。

「ね……してください」

声と同時に、甘酸っぱさを増した吐息が顔にかかる。もちろん恵介に異存はなく、彼女を仰向けにさせて身を重ねようとした。

「あ、ちょっと待って」

ここに来て、麻由美が行為をストップさせる。今さら怖《お》じ気づいたのかと思えば、そうではなかった。

「シーツが汚れたらいけないから」

恵介はまったく気がつかなかったが、彼女はバスタオルを持参して蒲団の脇に置いていた。破瓜《はか》の出血を危ぶんだのだ。

それをおしりの下に敷いてから、改めて結ばれる体勢になる。

麻由美は恥ずかしがりながらも、立てた膝を大きく開き、牡の腰を迎えた。おそらく暗闇だったから、そんな大胆なポーズがとれたのだろう。

しかし、肉の槍が処女の入り口を捉えると、さすがに身を固くする。顔が見えなくても、緊張しているとわかった。

「行くよ」

告げると「は、はい」と答えたものの、声は明らかに怯《おび》えを含んでいた。

こんなに緊張していてはうまくいかないし、かえって痛みも大きくなるだろう。バージンとセックスをするのは初めてでも、そのぐらいのことは恵介にも予想できた。

だからこそ、もう一度唇を重ねたのだ。

「ンぅ……」

麻由美がホッとしたように小さな息をつく。

さっきのような激しく深いものではなく、軽く吸いあう程度のおとなしいキス。腰を深く入れることなく、慈《いつく》しむように髪も撫でてあげれば、処女のボディが柔らかく打ち解けてきた。秘割れにめり込んだ亀頭を上下に動かし、蜜の谷をこすると、心地よさげに息づかいがはずんでくる。

（今だ――）

好機を捉え、恵介は腰を沈ませた。

「くうううーッ！」

麻由美が唇をはずし、のけ反って悲痛な呻きをあげる。そのときには、牡の漲《みなぎ》りは半ばまで熱い締めつけを浴びていた。

（もう少しだ）

恵介は心を鬼にして、残りの部分を窮屈な処女地に埋没させた。たっぷりと濡れていたおかげで、引っかかりもなく根元まで侵入する。

「くはッ、あ――はああ」

不吉に息づかいを荒らげ、麻由美が四肢を痙攣《けいれん》させる。縋るように恵介にしがみついた。

やはり痛みから逃れることはできなかったらしく、かなり苦しそうだ。おそらく出血もしているのだろう。ゴム輪のように締めつける入り口部分が、身につまされる熱を帯びていた。

（あれ？）

そのとき、デジャヴに似た感覚があり、恵介は戸惑った。処女を破るのはこれが初めてなのに、以前にもこんなことがあった気がしたのだ。

しかし、そんなはずはない。おそらく久しぶりのセックスだったから、感動の大きさを変なふうに捉えてしまったのだろう。

「う、うう……」

麻由美が呻く。破瓜の苦痛に身をわななかせる二十歳の娘に憐憫《れんびん》を覚えつつ、初めての男になれたことへの感激もこみ上げた。

（おれ、麻由美ちゃんとしたんだ——）

そのとき、なぜだか脳裏に旧友たちの顔が浮かんだ。今夜のプレ同級会で、一緒に飲んだ仲間たちだ。

彼らの中には、本気で麻由美を狙《ねら》っていた者もいたようだ。忙しく動き回る彼女に何かと声をかけ、引き止めていたやつの顔が浮かぶ。

しかし、そんな旧友たちを差し置いて、自分は麻由美の処女を奪ったのである。地に足のついた彼らに劣等感を抱いていたはずが、初めて優位に立てた気がした。

そのとき、麻由美の苦しげな息づかいが顔にふわっとかかり、自己嫌悪を覚える。そんなことで有頂天になっている自分が、いっそうくだらない人間であると思えた。

（何を考えてるんだ、おれは……こんなときに――）

誰よりも、麻由美に対して失礼だ。浅はかな物思いを頭から追い払い、恵介は心の中で彼女に謝罪してから、優しく声をかけた。

「だいじょうぶ？」

麻由美が小さくうなずく。見えずとも、雰囲気でわかった。

「おれたち、ちゃんと結ばれたからね。麻由美ちゃんは、これで女になれたんだよ」

「……うん。うれしい」

弱々しい声ながら、それは喜びに溢れていた。恵介は彼女にくちづけ、慈しみを込めて吸った。喘いで乾き気味だった唇を、そっと舐めてあげる。

情愛のこもったキスを交わすうちに、処女を喪失したばかりのボディが柔らかくほぐれてきた。窮屈なだけだった内部も脈打つペニスに馴染んで、かすかな蠢《うごめ》きが快さを与えてくれる。

「んぅ……」

甘やかな吐息をこぼす麻由美が背中を撫でてくれるのにも、恵介はうっとりした。身も心もひとつになって溶け合うようだ。

それでも、痛みを与えることのないよう、密着した腰を動かさずにいる。柔ヒダの感触を味わい、程よい締めつけに快感を募らせる。

唇が離れると、麻由美が小さなため息をついた。痛みもだいぶ薄らいだか、息づかいが心地よさげだ。

「だいじょうぶ？」

もう一度訊ねると、今度は「はい」とはっきりした返事があった。それから彼女が、わずかに腰をもぞつかせる。

「わかります……あたしの中で、恵介さんのが脈打ってるの」

意識的にか、それとも無意識にか、膣内がキュッとすぼまった。

「あうう」

恵介が快感に呻くと、麻由美がクスッと笑った気がした。そこまで余裕ができたのかと安心したとき、

「恵介さん、まだですよね？」

出し抜けに質問され、きょとんとなる。その意味を理解するのに数秒かかった。

「あ、ああ……まあね」

「ちゃんと精液を出さないと、男のひとは満足しないんですよね?」

「いや、そういうわけじゃないけど……」

麻由美の言葉にうなずけなかったのは、最後までいきつくためには動かねばならず、それは彼女に再び苦痛を与えるに違いなかったからだ。目的は遂げたのだし、ここで終わりにしてもいいと恵介は考えていた。

もちろん、射精したい気持ちは大いにある。だが、さすがに麻由美はゴム製品までは用意していないようだ。避妊の面でも不安だった。

「だけど、さっき恵介さんが言ったんですよ。自分でするときも気持ちよくなったら、最後に精液が出るって」

意地悪をされた仕返しのつもりではないのだろう。しかし、まさかこんな場面で揚げ足をとられるとは思わなかった。

「それとも、あたしとしても気持ちよくないんですか?」

どこか落ち込んだ口調で言われ、恵介は慌てた。

「いや、そんなことないよ。すごく気持ちいいから」

「だったら、ちゃんと最後までして、あたしの中に精液を出してください」

大胆な台詞《せりふ》に胸が高鳴り、ペニスが歓喜の脈打ちを示す。そこまで言ってもらえるのは嬉しかったが、すぐに行動に移せるほど恵介は図々しくなかった。やはり彼女のからだが心配だったのだ。

「だけど、いいの？　精液を出すには、動かなくちゃいけないんだよ」

「そのぐらいわかります。エッチな映画とかで男のひとが腰を動かしてるの、何度も見たことがありますから」

「つまり、ペニスを出し挿《い》れさせるわけだから、また痛いと思うんだけど」

「平気です。あたし、我慢しますから」

「すごく痛くても？」

「はい。せっかくの初体験なんだから、ちゃんと最後までしてほしいんです」

最初から覚悟はできていたらしい。だったらかまわないかと思ったものの、もうひとつ気にかかることがある。

けれど、そのことを確認する前に、麻由美のほうから打ち明けた。

「あ、避妊のことなら心配しないでください。今日は安全な日だから。あたし、生理は規則正しいんです」

初めて会った男に抱いて欲しいとせがむなど、無謀なのかと思えば意外と思慮深いようだ。出血に備えてバスタオルを用意していたぐらいであるし。

「だから、恵介さんが気持ちよくなってくれた証しを、いっぱい注いでください」

健気《けなげ》な言葉に胸打たれて、恵介は「わかった」と答えた。

「でも、ひどく痛かったら、ちゃんと言うんだよ」

「はい」

返事をした麻由美が、「よかった……」とつぶやいたのが耳に入る。

「え、なに?」

「バージンをあげたひとが、恵介さんでよかったなって思って。とっても優しくしてくれるから」

嬉しそうに告げられ、頬が熱くなる。暗闇のおかげで、照れくささに赤くなった顔を見られずに済んだのは幸いだ。

(おれなんて、そんな大した男じゃないのに……)

だが、信頼してくれる彼女のためにも、後悔のない初体験にしてあげようと決心する。

「じゃ、動くよ」

「はい」

恵介はそろそろと後退した。二の腕を摑《つか》む麻由美の手に力が込められたところで停止し、呼吸が整ったのを見計らってから、抜いた分を戻した。

「ああ――」

傷口がこすれたのだろう。つらそうな声が聞こえる。

(ちょっとの辛抱だから、何とか堪えてくれよ)

心の中で励ましながら、恵介は緩やかなピストンを続けた。振れ幅を無理に大きくしないよう、細心の注意を払って。

さすがにまったく痛みを生じさせないことは不可能で、麻由美は何度も呻き、息をせわしなくはずませた。それでも次第に楽になってきたか、苦痛の反応がおとなしくなる。

そのうち、新たに湧き出した愛液が肉根にまつわりつき、動きをスムーズにしてくれた。少しずつ速度を上げても、ひどく痛がることはない。

逆に、息づかいが悩ましげにはずみだす。

「あ……あン、は――ああ」

おそらく彼女が得ているのは快感ではなく、ただの違和感なのだろう。それでもなまめかしい反応に牡の情動が揺さぶられ、腰づかいに反映される。

いつしか恵介は、リズミカルにペニスを出し挿れさせていた。

ちゅ、クチュ――ぢゅむ……。

結合部が卑猥な粘つきを立てる。ふたり分の淫液が多量にこぼれ、陰嚢までも温かく濡らした。

「あ、あ、あ、いやぁ」

女芯を深々と抉《えぐ》られ、けれど麻由美は逃げることなく、しっかりとしがみついてきた。両脚を掲げて、もっとしてとせがむように恵介の腰に絡みつける。

(ああ、気持ちいい)

狭窟で摩擦される分身が、蕩《とろ》ける悦びにまみれる。腰の裏が気怠《けだる》くなり、目の奥に歓喜の火花が散った。

「ま――麻由美ちゃん、もうすぐいくからね」

息を荒ぶらせて告げると、間もなく成人式を迎える娘が「は、はい」と答える。

「恵介さんの精液、あたしにくださいっ」

ストレートなおねだりが、爆発の引き金になった。

「ああ、いく……出るよ――」

めくるめくオルガスムスの波に巻かれて、恵介は情欲のエキスをだくだくと放った。

「あああ……」

体奥にほとばしるものを感じたのだろうか。麻由美は満足げに喘ぎ、全身をヒクヒクと波打たせた。

第二章　同級会の夜

1

八月十四日。

梅津中学校平成〇〇年度卒業生の同級会は、町に古くからある寿司屋、菊鮨《きくずし》の二階広間で午後六時から始まった。

出席したのは、全体の半数近くに当たる三十三名だ。地元の人間でも仕事の都合で来られない者がけっこういて、帰省組と県内組はほぼ半々だった。

「おお恵介、だいじょうぶだったかや?」

会場に着いた恵介は、昨夜の面々と広間の隅で固まっていた内田から声をかけられた。

酔いつぶれたことを気にかけていたようだ。

「ああ、うん。悪かったな、迷惑かけて」

「いや、おれらはいいんだけどさ。『ぽぷら』の麻由美が引き受けてくれたから、全部まかせちまったし。結局泊まったんだろ?」

「うん。朝までずっと眠ってたよ」

麻由美とのことを疑われては困るから、恵介は何もなかったフリを装った。だが、その場にいた他のメンバーには、納得しなかった者もいたようだ。

「恵介はいいよなあ。おれが酔ったときには、麻由美は泊めてくれんかったぞ」

「それはおめえの酒癖が悪いからだろ」

「襲われると思って泊めんかったのんさ」

「ふざけんなよ。おれは紳士だぜ」

「紳士が酔っ払って道っぱたで寝るかよ」

「麻由美だって警戒しとるのんさ」

からかわれたやつは、納得いかなそうに眉をひそめた。

「恵介なんて、昨日が初めてだったのんに、麻由美も何で泊めたんだかわからんわ」

「そら、信用の問題だろ」

「初めて会ったのんに、信用も何もねえだろ」

「要は見た目ってことさ」

「恵介はおとなしそうだけも、おめえはいかにも飢《う》えた獣《けもの》みてえだしな」

「くそ、好き勝手言うなや」

旧友たちの気の置けないやりとりを前にして、恵介は落ち着かなかった。麻由美が誰でも泊めるわけではないと知ったからだ。顔なじみでもないのにどうしてと、納得のいかない者がいるのも当然だろう。

（何かあったんじゃないかって、怪しまれてるんじゃないよな……）

ヘタなことを言って墓穴を掘ってはならない。そいつから、麻由美が何か言ってなかったかと聞かれたのにも、素知らぬ顔で「いや、べつに」と答えた。

そのとき、視界の端を横切った人物にドキッとする。

（あ、村瀬さん――）

ずっと好きだった、自分にとって特別な女の子。いや、女性。

再会した女友達と朗らかに笑いあう佳菜子は、成人式のときよりずっと色っぽくなっているように見える。まあ、三十路前なのであり、それも当然か。

横目で彼女の様子を窺《うかが》っていると、幹事から声がかかった。

「では、だいたい集まったようなので、同級会を始めたいと思います。割り箸の袋に番号が書いてありますので、さっき引いたクジと同じところに坐《すわ》ってください」

会費を払ったときに、番号を書いた小さな紙をもらったのだ。

三十畳ほどもありそうな広間には、大きなテーブルが縦方向に二列並べられてあり、それぞれの両側に座布団が敷いてある。いかにも宴会場というセッティングだ。テーブルの上にはオードブルや山盛りの刺身、寿司も置かれていた。

恵介の席は上座から二番目だった。気詰まりだなと思いつつ座布団に尻を据えれば、

「お久しぶり、恵介くん」

はずんだ声をかけてきたのは、佳菜子だった。

「あ、ど、どうも……」

もごもごと言葉を濁した恵介の右隣に、彼女が脚を横に流して坐る。香水なのだろう、蠱惑《こわく》的なフレグランスがほんのりと漂《ただよ》った。

(まさか村瀬さんと隣同士なんて――)

予想もしなかったことに、心臓が不穏に鼓動を速める。好きだった女性と近くになっても単純に喜べないのは、八年前にあんなことがあった所為《せい》だ。

もっとも、会うことを恐れたのであれば、そもそも同級会に出席などしなかった。佳菜子は地元に残っているのであり、顔を合わせる確率が高かったのだから。

実のところ、時間が経ったことでわだかまりや後悔も薄らぎ、もう一度会いたいという気持ちが強くなったのだ。だからこそ、こうして帰省したのだが、彼女が離婚した話を聞

いて、またモヤモヤした気持ちを持て余すことになってしまった。

（やっぱりおれのせいなのかな……？）

そう思わずにいられない。だとすれば、自分は恨まれているのだろうか。

けれど、昔と変わらぬ明るい笑顔で、向かいに坐った女子と言葉を交わしている佳菜子からは、少しもそういう態度は窺えない。たった今だって、恵介に屈託なく挨拶《あいさつ》をしてくれたのだ。

（綺麗になったな、村瀬さん）

八年前にも同じ感想を持ったが、あのときよりさらに艶《つや》っぽくなっている。

もともと大人びていたから、顔立ちの基本となる部分は、中学高校のときとそれほど変わっていない印象である。そこにメイクがよく映えて、いっそう美貌に磨きがかかったのではないか。

目を惹《ひ》かれるのは顔だけでない。トップはノースリーブで、肩から先があらわである。二の腕にはわずかに産毛が光っており、シミもたるみもない綺麗な肌だ。

膝丈のスカートからはみ出した脚は、ベージュのストッキングで包まれていた。脹《ふく》ら脛《はぎ》のなめらかなラインにも、牡《おす》の情動が煽《あお》られる。熟《う》れたボディ全体から、女の色香が漂っていた。

（おれ、こんな綺麗なひとと——）

しかし、それを誇らしく感じるどころか、気後れを覚える。自分は畏《おそ》れ多いことをやらかしたのではないかという思いを、拭《ぬぐ》い去ることができなかった。

そのとき、恵介はふと昨晩のことを思い出した。

（ああ、そうか……麻由美ちゃんは、おれと同じだったんだな）

夜中に処女を奪って欲しいと忍んできた彼女は、八年前の自分と同じことをしたのだ。けれど、酔った勢いで無謀な行動に出たわけではない。完全に素面《しらふ》だった分、彼女のほうがずっと勇気があるし、しっかり考えていたと言える。

今朝、麻由美の両親に迷惑をかけたことを謝ってから渡辺家をあとにしたとき、彼女は愛らしい笑顔で小さく手を振ってくれた。行きずりの男との初体験を後悔していないのだと知り、恵介は安堵した。

だが、自分は未《いま》だに八年前のことを引きずっている。

（こうやって、今でもあれこれ考えちゃうのは、やっぱりおれのしたことは間違ってたってことなのかな……）

麻由美に向かってお説教じみたことを述べたのが、今になって滑稽《こっけい》に感じられる。本当に戒《いまし》められなければならないのは、自分自身ではないか。

やり切れなさを覚えたところでビールが注がれ、乾杯となる。懐かしい面々を見渡しながら、恵介はグラスに口をつけた。

ふと左隣に目を向ければ、一番上座のそこは空席だった。割り箸の袋にも番号が書いてない。

(まだ誰か来るのかな?)

幹事から特に発表はなかったが、先生でも呼んだのだろうか。

「ほら、恵介くんも飲んで」

いきなり声をかけられてビクッとする。右側に視線を移せば、ビール瓶《びん》を持った佳菜子が口許をほころばせていた。

「あ、ああ……うん」

手にしたグラスを半分ほど空けて差し出したものの、彼女は傾けていた瓶をすっと引いてしまった。

「それじゃ駄目よ。ちゃんと全部飲んで」

悪戯《いたずら》っぽい眼差《まなざ》しで睨《にら》まれ、どぎまぎする。焦《あせ》り気味にグラスを空にすると、佳菜子はニッコリ笑った。

「うん、よろしい」

慣れた手つきで冷えたビールを注いでくれる。同級生というよりは、姉のように偉ぶった振る舞いだ。

実際、彼女は甲斐甲斐《かいがい》しく世話を焼きだした。

「さ、会費の元を取らなくっちゃ。恵介くんもたくさん食べて」

冗談めかして言うと、山盛りのオードブルから何品かを恵介のお皿にとった。さらに、

「恵介くんって独り暮らしなんだよね?」

「あ、うん」

「だったら野菜が不足してるんじゃない? こういうときにも、ちゃんと食べなくっちゃ駄目よ。あ、ちょっとサラダ貸して」

遠くにあった器を他の者からとってもらい、野菜よりも魚介類の多いサラダを盛り分けてくれた。

そんなふうにあれこれしてもらうのは、嬉しさが半分、照れくささが半分であった。いや、後者のほうが圧倒的に大きいかもしれない。

(おれってそんなに頼りなく見えるのかな?)

あるいは筆おろしをしてあげた縁から、面倒を見てあげたい気分になっているのか。少なくとも、離婚のことでこちらに恨みを抱いてはいないらしい。

（てことは、旦那さんと別れたのは、べつにおれのせいじゃなかったってことか）

考え過ぎだったのかと胸を撫で下ろしたとき、佳菜子の右隣にいた帰省組の男が、彼女に話しかける。

「そういや、村瀬って離婚したんだって？」

不躾《ぶしつけ》な質問にも同級生の気やすさからか、佳菜子は特に気分を害することなくあっさりと認めた。

「そうよ。えっと、成人式の次の年に」

「じゃあ、けっこう早かったんだな。何かあったのか？」

「何かっていうか、単に関係がうまくいかなくなっただけよ。よくあるすれ違いっていうか、性格の不一致？」

「芸能人の離婚みたいだな」

茶化されたのにも、「ホントにそうね」と明るく笑う。別れた夫のことは、完全に吹っ切れているようだ。

「ひょっとして、それで恵介に唾《つば》をつけようってんじゃないの？」

「え、どうして？」

「さっきから恵介にばっかりサービスしてるじゃん。食い物をとってやったりとか」

言われた佳菜子よりも、恵介のほうが恥ずかしくなった。耳たぶが燃えるように熱い。

「だって、恵介くんの前には食べ物がないんだもん。それに、タケちゃんと違って遠慮深いから、箸をのばさないに決まってるし」

「おれにはとってくれないのか？」

「タケちゃんは前にたくさんあるじゃない。自分でとれるでしょ」

彼女はそう言って、ビールの瓶を手にした。

「その代わり、いっぱい飲ませてあげるわ。ほら、早くグラスを空けて」

いささか高飛車な口調は、さっきとは異なっている。自分にはもっと親愛が込められていたのを思い出し、恵介は居心地の悪さを感じた。

（まさか村瀬さん、おれのことを——）

さっきの唾をつけるという言葉どおりではないのだろうが、何か特別な感情があるのだろうか。一度セックスをしたのは事実だし、彼女も今は独り身である。

そんなふうに考えると、無性に胸がドキドキしてくる。

「さ、恵介くんも」

再び佳菜子からビールを向けられ、恵介は焦り気味にグラスに口をつけた。けれど胸がいっぱいで、飲み干すことはできなかった。

佳菜子は、今回は何も言わず、ビールを注ぎ足してくれた。

「飲んでばかりじゃなくって、ちゃんと食べなくちゃ駄目よ」

笑顔で諭《さと》され、背中がくすぐったくなる。期待してもいいのだろうかと、心が浮つくのを覚えた。

そのとき、向かいにいた女子が佳菜子に話しかける。

「ねえ、今年の成人式って、菜々ちゃんが講師になったんでしょ？」

妹である菜々子の話題を出されるなり、姉の眉間《みけん》に浅いシワができる。

「みたいね」

身内のこととは思えない、素《そ》っ気《け》ない受け答え。それでまずいと悟ったらしく、向かいの女子は口をつぐんだ。

ところが、右隣の男は空気を察することなく、その話題を続けた。

「菜々って、妹の菜々子か？」

「うん、そう」

「講師って、今なにをやってるんだっけ？」

「出版社で編集の仕事」

「へえ。それがどうして講師をすることになったんだ？」

「たぶん、ベストセラーになった本を担当したからだと思うわ」

佳菜子は淡々と答えていたものの、次第に眉間のシワが深くなっていた。質問する右隣の男とも、決して視線を合わせようとしない。

離婚の話題にはまったく動じなかったのに、妹のことにここまで不快感をあらわにするのは意外であった。

(姉妹の仲がそんなによくないのかな?)

中学三年のとき、一年生に菜々子がいたわけだが、佳菜子の妹だからと話題になることはなかった。おそらくそれは、菜々子が目立たない少女であったからだ。

姉である佳菜子のほうは明るく聡明で、学級委員もやっていた。同級生や教師たちの信望を得た優等生だったわけである。両親にとっても自慢の娘だったのではないか。

ところが、今や注目を浴びているのは、少なくとも世間的には菜々子のほうだ。一方、佳菜子は結婚生活にも失敗し、家事手伝いのようなことをしているだけらしい。立場が完全に逆転してしまったと言える。

そんな現状が、姉妹のあいだにわだかまりを生じさせたのではないだろうか。

「ベストセラーって、なんて本?」

しつこく質問され、佳菜子は不機嫌そうに顔をしかめた。それでも邪険《じゃけん》にすることなくちゃんと答えたのは、妹を妬《ねた》んでいると思われたくなかったからだろう。

「えっと、『ふるさと遠く』っていう小説よ。作者はちょっと忘れたけど」

「あ、それなら読んだよ。なかなか感動する話だったな」

「あら、そうなの？　ありがとう。菜々子もきっと喜ぶわ」

などとお愛想を述べつつ、佳菜子の目は少しも笑っていなかった。

「そっか、あの本を菜々子がねえ。すごいもんだ」

男はまだ話したそうにしていたが、佳菜子はさすがにそれ以上相手をする気になれなかったのだろう。恵介のほうにグラスを差し出す。

「ねえ、わたしにもビールちょうだい」

「え、ああ――うん」

恵介は焦り気味に栓を抜いたばかりの瓶をとり、グラスに泡立つ液体を注いだ。

「ありがと」

礼を述べ、佳菜子はなみなみと注がれたビールを一気に飲み干した。まるで鬱屈《うっくつ》した思いを発散するかのように。

（やっぱり菜々子ちゃんの話題を出されるのは嫌だったんだな）

その気持ちはわかる気がする。なぜなら、恵介も同業ということで、成功した後輩を妬ましく感じていたのだから。

佳菜子がグラスをテーブルに戻す。恵介は求められずとも、再びビールを満たした。

「ねえ、恵介くんってまだ東京なの？」

「うん」

「どんな仕事してるの？」

恵介はほんの少し戸惑ったものの、正直に答えた。

「教育系の小さな出版社に勤めてるんだ」

「え、それって編集者ってこと？」

佳菜子が訝《いぶか》るふうに眉をひそめたのは、妹と同じ仕事なのかと思ったからだろう。

「いちおうは。だけど、書店には置いてないような専門書を出しているところだから、すごく地味な仕事なんだ。おれは雑誌を担当してるんだけど、たぶん名前を言ってもわからないと思うよ。まあ、出版社なんて名前すら知られていないところが山ほどあって、その何倍何十倍も編集者がいるわけだから、おれはその中のひとりにすぎないってこと」

それまでまともな会話ができなかったのが嘘のように、恵介は自分のことを打ち明けていた。グラスに口をつけて喉を潤《うるお》すと、さらにすらすらと言葉が出てくる。

「ただ、烏合《うごう》の中にも白鳥はいるけどね。ベストセラーを出して名前を上げる編集者とか。いくら中学時代に先輩と後輩、部長と部員ていう立場だったとしても、そんなことは関係ないんだ」

恵介が自虐的《じぎゃく》なことを述べたのは、佳菜子に仲間意識を抱いたからだ。そして、彼女もそれを理解したのか、クスッと笑みをこぼす。

「ホントにそうね。昔がどうだったなんて、人生には関係ないわ。結局、今はどうなのかってことなんだもの」

カチッ――。

彼女がグラスを差し出す。恵介はそこに自分のグラスを軽く合わせた。

硬い音が小さく響く。グラスはすぐに離れてしまったが、ふたりの気持ちはしっかり結びついたように感じられた。

と、なぜだか佳菜子が、やり切れなさそうにため息をつく。

「ただ、昔と全然変わらないものもあるけどね」

「え？」

どういう意味なのか訊《たず》ねようとしたとき、幹事の「はい、静粛にー」という呼びかけがあった。

2

「それではここで、同級会の特別ゲストをお迎えいたします。我々の恩師である、小林《こばやし》先生です」

紹介の言葉に、会場がザワめく。恵介も（え、小林？）と訝った。そんな名前の先生は、中学のときにいなかったからだ。

すると、幹事がしてやったりという顔でニヤリと笑う。

「あ、失礼いたしました。小林は現在の姓でして、梅津中に赴任されたときは、まだ先生になりたての独身でした。と言えばおわかりでしょう。旧姓は鈴木《すずき》、小林亜希《あき》先生です」

今度は「おおー」という声があちこちからあがり、一同がどよめく。そして、障子戸の陰から現れた女性を目にするなり、一斉に拍手が起こった。

（亜希先生だ――）

恵介も嬉しくなり、頬が自然と緩《ゆる》んだ。

鈴木――小林亜希先生は、恵介たちが中学三年のときに、新採用で梅津中学校にやって来た。担当教科は国語。

一年目ということで担任は持たなかったものの、他がみんな三十代以上の中堅、ベテランの教師ということもあり、亜希は生徒たちから慕《した》われた。特に女子たちは、何かと相談を持ちかけていたようである。

ただ、男子たちの中には、若い女教師に対する関心と好意の裏返しからか、反抗的に振る舞う者もいた。彼女は童顔で親しみやすい顔だちの上、潤んだ瞳がいかにも泣き虫という印象を与えていたためもあるだろう。

加えて、新米教師にちゃんと受験対策ができるのかと、学校に対する不満もあったようである。授業中に示し合わせて私語をしたり、一斉に鉛筆を落とすなんて子供っぽい悪戯が、最初のころは度々行なわれた。

あるとき、そいつらが授業をボイコットし、体育館の用具室に隠れたことがあった。亜希は蒼《あお》くなって彼らを探しに行き、見つけて教室に連れ戻すなり、涙をこぼして泣き崩《くず》れたのだ。

以来、そういう悪さはまったくなくなった。泣かせたことを反省したとか、可哀想になったというものではなく、彼女が真剣に生徒たちと向き合っていることが伝わったからである。

亜希は経験のなさを努力でカバーし、何事にも一所懸命だった。生徒たちとも本音でぶつかりあい、信頼も厚かった。恵介たちの卒業式のとき、誰よりも泣いていたのは彼女で、卒業生のほうがもらい泣きをさせられたぐらいである。

だからこそ、同級会にも呼ばれたのだ。

「では、ここで先生からご挨拶をしていただきます」

幹事に促されて、亜希が照れ気味に前に出る。中学卒業から十五年近くが経ち、ピカピカの新卒だった彼女も三十七歳ぐらいになっているはず。

だが、遠目で見る分には、あまり変わっていない。もともと童顔だったためもあるのだろう。

えりぐりの大きく開いた半袖のワンピースに、編み目の荒いカーディガンを羽織ったシンプルないでたちも、いかにも真面目な女教師という雰囲気だ。きっと今でも、生徒たちに慕われているに違いない。

「ええと、ただいまご紹介にあずかりました、鈴木改め小林亜希です。黙って結婚しちゃって、わたしのファンだったみんな、ごめんなさいね」

茶目っ気たっぷりの挨拶に、一同がどっと笑う。新採用の頃にはなかった余裕というか貫禄が感じられ、見た目よりもすっかり先生らしくなったようである。

「愉しく飲んでいるのを長く中断させたら悪いので、短めに済ませますね。皆さんは初めて赴任した学校で、初めて見送った卒業生だったので、とても印象に残っています。まあ、いろいろと意地悪をされたからってのもありますけど」

亜希を泣かせたかつての悪ガキたちが首を縮《ちぢ》める。もっとも、彼女が本気で恨んでいないのは、笑顔からも明らかだった。

「でも、わたしは皆さんからたくさんのことを学んだおかげで、今も教師を続けていられます。卒業式では真っ先に泣いて、みんなをあきれさせちゃったけど、あれも皆さんのことが大好きだったからです。もちろん、今も。だから、こういう場に呼んでいただいて、とても感謝しています。ありがとう。それにしても、みんな立派になったわね。わたしも年をとるはずだわ。あとで積もる話をたくさん聞かせてね」

挨拶を終えてお辞儀をした恩師に、また盛大な拍手が送られる。

「ありがとうございました。では、先生の席はこちらですので、どうぞ」

幹事が亜希を席に案内する。もしやと思えば案の定、恵介の左隣であった。

「では、小林先生をお迎えしたところで、改めて乾杯を行ないたいと思います。皆さん、空になっているグラスはたっぷりと満たしてください。よろしいですか。では、梅津中学校卒業生、並びに小林先生のますますのご活躍を祈念して、かんぱーい！」

「乾杯!!」

アルコールが入ったおかげもあって、一度目よりも大きな声が広間に響き渡った。

いよいよ宴《うたげ》も盛りあがり、席の移動が多くなる。特に亜希の周囲にはたくさん集まって、思い出話や近況報告に花が咲いた。

そして、恵介が自分の場所を動かなかったのは、亜希と話したかったからだ。

彼女は文芸部の顧問だったこともあり、進路について相談したことがある。編集者になりたいと考えるようになったのも、亜希にアドバイスをされたのがきっかけだ。

だから、今も抱えている悩みについて、また昔のように助言をもらいたかったのである。

ところが、次々とやって来る面々が彼女にビールを注ぎ、話しかけるものだから、なかなか割り込むことができない。仕方なく、みんなと先生の話を聞きながら、人波が引くのを待った。

しばらく経ってふと気がつくと、佳菜子が隣からいなくなっていた。

(あれ?)

それとなく会場を見回すと、離れたところで仲の良い女子たちと集まり、愉しげに笑いあっていた。

視線に気がついたのか、佳菜子がこちらをふり返る。けれど、恵介と目が合うなり顔をぷいっと戻し、談笑を続けた。まるで、愛想を尽かしたと言わんばかりに。

（ひょっとして、気を悪くしちゃったのかな……）

恵介がずっと亜希のほうを向いていたから、面白くないと離れたのだろうか。いい雰囲気になっていたのにどうしてと、裏切られた気分になったのかもしれない。

（いや、そんなことはないか）

思い上がりだとかぶりを振ったものの、どうも気になってしまう。だからと言って、佳菜子のいる女子ばかりのところに首を突っ込む勇気はなかった。それで邪険にされたら、もっと落ち込むことになるだろう。

結局、恵介はその場所に居続けた。

亜希と話したい教え子たちの波は、三十分以上も続いた。彼女は全員の顔と名前を憶えており、話がはずんだばかりか、次々とビールを注がれたものだから、頬がかなり赤くなっていた。

「ふう……」

みんなが去ってひと息ついた恩師を、恵介は反射的に「お疲れ様でした」とねぎらった。すると、彼女がこちらを向いてニッコリ笑う。

「ありがとう、中鉢君」

名前を憶えていてもらえただけで、嬉しさがこみ上げる。文芸部の部長こそ務めたが、他ではほとんど目立たない生徒であったから。

と、亜希が半分ほど飲んだグラスをこちらに差し出したものだから、きょとんとなる。

「あら、中鉢君は注いでくれないの？」

「え、だいじょうぶなんですか？」

飲み過ぎではないかと心配したのであるが、彼女は一笑に付した。

「わたしはあなたたちよりもずっと大人なの。お酒の飲み方ぐらい心得ているわ。それに、わたしも会費を払ってるんだもの。元を取らなくっちゃ」

佳菜子と同じことを言う。女性というのは、そのあたりはしっかりしているらしい。それとも、主婦としての感性か。

ともあれ、グラスいっぱいに注ぐと、亜希は美味《おい》しそうにコクコクと喉を鳴らした。けっこうお酒が好きなようで、ちょっと意外に感じる。そういうイメージはまったくなかったからだ。

もっとも、自分は中学生だったのであり、彼女も大学を出たての初々しい教師だった。大人同士の付き合いなどなかったのだし、そんなふうに思うのは当然か。

（先生、色っぽくなったな）

童顔はそのままでも、大人っぽい艶気が滲《にじ》み出ている。顔立ちだけではなく、全身から。年月の流れを感じないわけにはいかない。

考えてみれば恵介自身が、あのころの先生よりも年上になっているのだ。昔はわからなかった女性のなまめかしさや大人の魅力も、今は理解できる。

「ふうー」

グラスの三分の二近くまで飲み、亜希が満足げに息をつく。それから、改まったふうにこちらを向いた。

「ところで、中鉢君は今、どこに住んでるの？」

「東京です。大学からずっと」

「仕事は？」

「出版社に就職しました」

「あら、それじゃ本当に編集者になったのね」

亜希がぱあっと表情を輝かせる。編集者になったらどうかとアドバイスしたことを、憶えていたのだろう。

「ええ、まあ……ただ――」

「え、どうかしたの？」

「おれは小説の編集をしたかったんですけど、そこはそういうのを出してないんです」

「そうなの。何ていう出版社？」

「教生出版です」

「あ、そこなら知ってるわ」

明るく言われて、恵介は感激した。これまで自分の勤め先を知っている人間に会ったことが、一度もなかったからだ。

もっとも、彼女は教師である。知っていても不思議ではない。しかし、

「わたし、雑誌を定期購読してるわよ。『級友づくり』っていう学級経営の月刊誌」

これには喜びがふくれあがり、自然と笑顔になった。

「おれ、その雑誌の編集をしてるんです」

「まあ、そうだったの？　ためになる雑誌よね。実践紹介にいいものが多いから、学級経営にすごく役立ってるわ」

べた褒《ぼ》めされ、危うく涙がこぼれそうになった。

（あの雑誌、ちゃんと読んでくれるひとがいたんだな……）

もちろん読者がいるからこそ、毎月発行していたわけである。ただ、実際に会うのは初めてだ。

しかもそれが、自分の知っている先生だなんて。

「ありがとうございます。そんなふうに言っていただけると、自分のやってきたことにも意味があるのかなって、とてもうれしいです」

我ながら大袈裟《げさ》な言い回しだと感じたものの、本当にそういう心境だった。だが、亜希のほうも戸惑ったようである。

「意味があるって……ひょっとして、今の仕事に迷いでもあったの？」

「ええ。やりたかったのは教育関係じゃなくて、文芸作品でしたから」

「そっか……あ――」

何かを思い出したふうな声をあげた亜希が、顔を寄せて覗き込んでくる。ほんのりいい香りがしたものだから、恵介はどぎまぎした。

「そう言えば、文芸部で後輩だった村瀬さん――菜々子さんっていたじゃない。わたし、彼女が三年生のときに担任だったのよ。高校を卒業したあとぐらいから、特に連絡はとってないんだけど、たしか大手の出版社で編集の仕事をしてるんでしょ？」

「ええ……」

「それで、ベストセラーになった本を担当したのよね？」

亜希は国語教師だから、出版事情にも関心があるのだろう。ベストセラー作家を発掘した編集者の名前を見て、それがかつての教え子であると知ったのかもしれない。

「はい。業界内でもけっこう話題になって、おれも彼女だってわかったんです」

「もしかしたら、そのせいでますます自分が後れをとってるみたいな気持ちになってるんじゃないの？」

恵介は返答に詰まった。ストレートに痛いところを突かれたものだから、否定することができなくなる。

「はい……そうです」

力なく認めると、亜希は無言でうなずき、ビールを注いでくれた。しばらくじっと見つめてきたあと、静かな声で話し出す。

「菜々子さんも、中鉢君と同じだったのよ」

「え？」

「彼女、一年生のときはポエムとか、短い小説みたいなものを書いてたけど、二年生ぐらいから創作をしなくなって、中鉢君と同じようにたくさん本を読むようになったの。それで、読んだ本の感想をノートに書き留めてたわ。わたしも見せてもらったことがあるんだけど、大学ノートにびっしりと。それが何冊もあったの」

「へえ」

「でね、彼女のレビューって、何となく中鉢君が会誌に載せてたのと似ていたの。ただ真似したっていうものじゃなくて、本の捉え方そのものが。で、そのことを菜々子さんに言ったら、中鉢先輩から本の読み方を教わったんですって答えたわ」

恵介は頬が熱くなるのを感じた。未来の名編集者相手に、何を偉そうに語っていたのかと強く恥じたのだ。

ただ、菜々子は自分みたいな者からも学んでいたらしい。加えて、本人のたゆまぬ努力があったからこそ、今のようになれたのだろう。

「それから、進路で悩んだのもいっしょだったの。本が好きだけど、自分で書くことはできない。でも、できるだけ本と関わっていきたいんだって。だからわたしは、中鉢君にアドバイスしたのと同じように、編集者を勧めたの」

亜希は得意げに口許をほころばせると、他には聞かれないよう、声のトーンを落として告げた。それも、恵介の間近に顔を寄せて。

「つまり、菜々子さんが立派な編集者になれたのは、中鉢君が下地を作ってあげたおかげと、わたしに先見の明があったからってわけ」

ほんのりアルコールの香りが混じった甘い吐息に、恵介は酔ってしまいそうだった。彼女の言葉が、心地よく胸に響いたためもある。

「だから、中鉢君は卑屈になる必要なんてないのよ。今は活躍できる場所が与えられていないだけなの。どうすればその場所が手に入るのかは、わたしもアドバイスしてあげられないけど、ひとつだけはっきりしているのは、目標を持って行動しなくちゃ何も始まらないってことね。それから、今いる場所にだって、自分を輝かせる何かが隠れているかもしれないわ」

「ええ……そうですね」

「というわけで、中鉢君の前途に乾杯」

亜希が笑顔でグラスを差し出す。恵介はぎこちない笑みを返し、グラスをカチッと合わせた。

3

同級会は午後九時少し前にお開きとなった。

半分ぐらいが帰り、残った者たちで二次会へ向かう。その面々は亜希も誘ったが、電車の時刻が迫っているからと丁重に断られた。

「わたしはここで失礼するわ。あとはみんなで愉しくやってちょうだい。今日は呼んでくれてありがとう。何かあったら、いつでも連絡してね」

幹事がタクシーを呼び、彼女はそれで駅まで行くという。今は梅津町から遠い、県北のほうに住んでいるとのことだった。

「恵介も二次会いくだろ」

みんなで亜希を見送ったあと、内田に誘われる。しかし、恵介は躊躇《ちゅうちょ》した。

二次会の会場は『ぽぷら』である。そこに行けば麻由美と顔を合わせることになる。処女を奪った翌日に、さすがにそれは気まずい。

（亜希先生とも、もっと話をしたいんだよな……）

菜々子に関することを聞いて、ずいぶんと気が楽になった。けれど、あの後また何人も周りに集まってきたものだから、乾杯をしたところで終わってしまったのだ。

これからどうすればいいのか、具体的なアドバイスまでは望まない。ただ先生と話をするだけで、何か見つかりそうな気がするのだ。

（よし——）

五秒で決断し、恵介は内田に告げた。

「おれ、先生を駅まで送っていくよ。そのあとで戻って、時間があったら合流するから」

「そうか。じゃあ、またあとでな」

特に怪しまれた様子もなく、あっさりと解放される。恵介はまだたむろしている集団からそっと離れた。タクシーが待っているという、役場の駐車場のほうに向かう。先に出た亜希には、幸いにもすぐ追いつくことができた。

「先生っ」

声をかけると、彼女はふり返って驚いた顔を見せた。

「あら、中鉢君」

「駅までお送りしたいんですけど、かまいませんか？」

断られたらどうしようとちょっぴり不安だったものの、亜希は冷たく追い返すようなことをしなかった。もしかしたら、もっと話をしたいという思いが、顔に出ていたのかもしれない。

「まあ、うれしいわ。ひとりだと寂しいなって思ってたの」

にこやかに歓迎され、恵介の頬も自然と緩んだ。

駅は海沿いの市にあり、車でも三十分はかかる。バスもあるのだが、なにぶん田舎《いなか》ゆえ、営業時間はとっくに終わっていた。

後部座席に亜希と並んだ恵介は、タクシーが走り出すなり口をつぐんでしまった。話したいことがたくさんあったのに、言葉が何ひとつ浮かんでこなかったのだ。

亜希のほうも、一気に緊張がとけたみたいに大きく息をつく。虚《うつ》ろな眼差しで、フロントガラスのほうをぼんやり見つめていた。

そのまましばらく沈黙が続く。運転手も妙な雰囲気を察したのか、話しかけてくることはなかった。

（やっぱりやめとけばよかったかな……）

亜希を追ってきたことを、恵介は後悔した。彼女は明るく振る舞っていたが、昔の教え子に会うことに、まったく気疲れがないなんてことはあるまい。もしかしたらゆっくり休みたかったのかもしれず、その邪魔をしたのではないか。

駅まで行かず、用事を思い出したことにして、途中で降りたほうがいいだろうか。悩み始めたとき、亜希が動く気配があった。

そして、腿《もも》の上に置いた手がいきなり握られたものだからドキッとする。

（え――⁉）

焦って彼女のほうを見れば、いつの間にか肩が触れそうなところまで接近していた。ただ、顔は正面を向いたままであったが。

「……ごめんね」

唐突に謝られ、何のことかと恵介は混乱した。勝手に手を握ったことなのかと考えたところで、さらなる繋がりを求めるように指を深く絡ませられる。

その温もりと柔らかさにうっとりし、何も答えずにいると、亜希が言葉を継いだ。

「わたし、恵介に偉そうなこと言っちゃったけど、そんな資格ないのよ。誰よりもわたし自身が、何もできずにフワフワしてるんだから。みんなから今でも先生なんて呼んでもらえるのが、とても心苦しいの」

自虐的な告白を、恵介は言葉どおりに受けとめなかった。苦しいのはあなただけじゃない、みんな悩んでいるのよと、そう言いたいのだと思った。

だが、彼女がいっそう強く手を握ってきたのに、どうも様子が違うと気がつく。

「何かあったんですか？」

訊ねても、亜希はすぐに答えなかった。代わりに、

「ね、肩を借りてもいい？」

甘える声でねだる。

「え、ええ」

「ありがと」

亜希が肩に頭をのせてくる。髪からシャンプーの甘い香りが漂った。

「こういうのって、すごく安心するわ……」

掠《かす》れ声でつぶやき、彼女は瞼《まぶた》を閉じた。長い睫毛《まつげ》が濡れているように見え、頼っていたはずの先生が、なんだか弱々しく感じられる。

(旦那さんにも、いつもこんなふうに甘えてるのかな?)

他の同級生たちとのやりとりを聞いたところでは、亜希は三十路手前で結婚したはずである。

『どうにか滑り込みセーフだったのよ。あなたたちも頑張りなさい』

と、三十歳を目の前にした独身女子たちにハッパをかけていた。ただ、結婚生活については、あまり多くを語っていなかったようである。

(いつも甘えているのを知られたくなかったとか)

けれど、彼女がうっとりした面持ちで「久しぶり……」とつぶやいたものだから、そうでないと悟る。

(ひょっとして、旦那さんとうまくいってないんじゃ——)

いくら教え子でも、こんなふうに手を握ったり、肩に寄りかかるのは行き過ぎである。

酔った所為かもしれないが、もしかしたらそうせずにいられないほど、心が折れかかっているのではないか。

「あの……おれでよかったら話を聞きますけど」

怖《お》ず怖ずと申し出れば、亜希は目を閉じたまま「ありがとう」と告げた。ひと呼吸置いて、ポツポツと話し出す。

「わたしね、正直なところ、教師としてやっていける自信がなくなってるの。べつに、今に始まったことじゃないけど、特に三十歳を過ぎた頃からかしら、生徒と打ち解けられなくなっていることに気がついたのよ」

やり切れなさそうなため息は、悩みの深さそのもののように感じられた。

「梅津中や、次に赴任した学校では、情熱だけで押し切ることができたの。ただ、それは若さに甘えていただけだったのね。年が近いから、生徒も親しみを持ってくれるし。だけど、もっと若い先生がいれば、生徒はそちらに向かうに決まってるもの。そのことに気がつくのが遅かったのね」

自分を責めるような口調に居たたまれなさを覚え、恵介は思わず口を挟んでしまった。

「先生はまだ若いじゃないですか」

「ありがとう。でもそれは、中鉢君が昔のわたしを知っていて、その比較で感じているだけなのよ。そんなことを知らない今の生徒たちから見れば、わたしなんてただのオバサンでしかないわ」

「オバサンって――そんなことないですよ」

「ううん、そうなの。実際、わたしは新採用のころ、今のわたしと同じぐらいの年の先生たちを、オジサンやオバサンだって感じていたわ。中学生たちはなおさらそうなんじゃないかしら」

たしかに自分の中学時代をふり返っても、三十代の後半ともなれば、両親と近い世代である。理解しあえるなんて思いもしなかった。

「で、そうなったとき、生徒がわたしに何を求めるのかっていうと、信頼感なのね。ただの友達感覚じゃなく、知識や経験を持った大人として頼ってくるの。それに応えられるだけのものを持っていないと、子供たちはすぐに見限っちゃうわ。そのあたり、けっこうシビアなものよ」

「だけど、先生はさっき、おれを元気づけてくれたじゃないですか。おれは中学生と比べればずっと大人ですけど、それでも頼もしいって感じました」

「だからそれは、過去の間柄があってこそ成り立つものなの。もしも同じことを知らないひとから言われたとしたら、中鉢君は素直に納得できたかしら？」

たしかにその通りで、恵介は何も反論ができなかった。

信頼していた亜希先生の話だったからこそ、諭す言葉が胸に深く沁《し》みたのである。そこまでの関係ができていない相手だったら、反発するだけだったろう。

亜希が瞼を開く。かすかに潤んだ瞳は、前方をぼんやりと見つめていた。

「たぶん、わたしが結婚したのは、行き詰まった状態から逃れるためだったのね。そのときはそんなふうに思わなかったけど、今になってわかるの。嫁ぎ遅れだとますます生徒たちに馬鹿にされるから、確かなポジションがほしかったのよ。あと、生徒たちに対してだけじゃなく、保護者からの信頼を得るためにも」

教師は生徒や親から、プライベートを含めたいろいろな部分で評価される。それこそ独身か妻帯者か、子供がいるのかということでも。

雑誌の読者投稿にも、それに関した悩みが尽きることなく送られてくるのを思い出し、恵介は無言でうなずいた。

「ただ、そんな夫婦関係が長続きするはずないけどね」

投げやりな口調。あるいはと予想したことが当たっているのだろうか。

「旦那さんとうまくいってないんですか?」

ついストレートに訊ねてしまい、恵介は(しまった)と悔やんだ。けれど、亜希は表情を変えることなく、やるせなさげなため息をつく。

「……たぶん、わたしのせいなのよ。わたしがこんなことでいいのかしらって考えるようになったから、彼もどうすればいいのかわからなくなったのね。同じ仕事をしてるんだったら、もう少し理解し合えたのかもしれないけど」

　夫は教師ではなく普通の勤め人だと、教え子たちから問われるままに亜希は答えていた。そして、高校時代の先輩であることも。ずっと付き合っていたわけではなく、偶然再会したことが縁となり、結婚にまで至ったそうだ。

　つまり、夫は昔の彼女も知っているのである。それでも埋められない溝があるということなのか。

　しかしながら、そのあたりの夫婦の機微《きび》は、独身の恵介には理解しづらい部分であった。

「彼は早く子供が欲しいみたいだけど、わたしは仕事が忙しいから踏ん切りがつかなくて、それも気持ちがすれ違う原因になったみたい……ううん、そうじゃないわ。わたしも子供は欲しいけれど、結婚したときと同じように、今度は母親という座に縋《すが》りたいだけなんじゃないかって考えちゃうの。そうなったらもう駄目ね。その気になれなくて、理由をつけて夜の生活を拒《こば》んでいたら、彼のほうは他の女を求めるようになったみたい」

　口にした言葉こそ露骨ではなかったものの、夫婦生活に関する生々しい告白に、恵介は息苦しさを覚えた。

亜希は自分よりもずっと大人で、結婚もしている。セックスをしているのは当然だ。なのに、こうして身をぴったり寄せている先生がと考えると、本当にそんなことをしているなんてとても信じられない。先生になりたての初々しい彼女も知っているから、余計にそう感じられるのだろうか。

もっとも、あの頃だってすでに処女ではなかったかもしれないのだ。

ただ、こんな魅力的な女性を裏切る夫に対しては、憤りを禁じ得ない。夫婦になったのなら、もっと広い心で支えてあげるべきだ。

「旦那さん、本当に浮気してるんですか？」

またもストレートに問いかけてしまうと、亜希がわずかに眉をひそめた。

「確信があるとか、証拠を摑《つか》んだわけじゃないけど、何となくわかるわ。女って、そういうことには敏感なの」

答えてから、またふうと息をつく。

「でも、仕方ないわ。わたしはもうオバサンだし、女としての魅力もなくなってるもの」

ずっと自虐的な言葉ばかり口にしているのは、それだけ深く落ち込んでいるからだろう。だが、恵介は聞き流すことができなかった。

「そんなふうに自分を貶《おとし》めないでください。先生はとても魅力的な女性です。今だって、おれは先生の隣にいるだけで、すごくドキドキしてるんですから」

つい正直に打ち明けてしまい、頬が熱くなる。彼女が驚いたふうに目を丸くしたものだから、尚さらに。

「あ――ありがと」

口早に礼を述べ、亜希が落ち着かなく目を泳がせる。けれど身を剝《は》がしたりせず、手をいっそう強く握ってきた。

「……でも、本当なの？」

「え？」

「わたしって魅力あるの？」

「はい。先生は昔より色っぽくて、ずっと綺麗です」

今さら誤魔化しても遅いと、恵介は本心を包み隠さず答えた。すると、頬を赤らめた彼女が、瞳を泣きそうに潤ませる。

おかげで、胸の鼓動がますます高鳴った。

4

タクシーが駅前に到着する。そこでお別れのはずだったが、恵介は離れがたいものを感じ、恩師の手を握ったままであった。

その気持ちを察したのか、亜希がつぶやくように言う。

「ウチのひと、お盆で実家に帰省してるから、急いで帰る必要はないの……」

それからうろたえ気味に顔を赤らめたのは、誘っているふうに受け取られたのではないかと心配になったからだろう。だが、おそらく彼女のほうも、ひとときの安堵と温もりを求めているに違いない。

そうとわかったから、恵介は手をつないだまま歩き出した。

十数分後、ふたりはシティホテルのダブルルームにいた。

ベッドの他には一対《つい》の椅子とテーブルがあるのみの、素っ気ないほどすっきりした内装。一夜をくつろぐための機能的な空間だ。

近くにはラブホテルもあったのだが、それだと目的はひとつになってしまう。決して欲望のみに衝《つ》き動かされているのではないと思いたかったのだ。

けれど、閉ざされた場所でふたりっきりになれば、まして男と女であれば、本能のままに互いを求め合うもの。恵介は年上の女を荒々しく抱きしめると、半ば強引に唇を奪った。

「むぅ――」

亜希は抗《あらが》いを示したものの、すぐにおとなしくなった。恵介の背中に腕を回し、差し込まれる舌を受け入れてくれる。

（……おれ、亜希先生とキスしてるんだ）

そう自覚したのは、くちづけをして何十秒も経ってからだった。

だが、唇の柔らかさや吐息のかぐわしさははっきりとわかるのに、不思議と現実感がない。それだけ信じ難いことをしているからだ。

舌を絡ませ、温かな唾液を交換しあいながら、恵介の脳裏には十四年前の、初々しい亜希が浮かんでいた。あの頃は佳菜子に恋をしていて、若い女教師に特別な感情を持ってはいなかった。ところが、こうして唇を深く交わしていると、ずっと以前からこのひとのことが好きだったのではないかと思えてくる。

いや、もちろん好きだったのだ。但《ただ》しそれは、あくまでも先生に対する親愛の情であり、異性への恋慕とは異なる。

しかし、今のふたりは教師と教え子ではなく、ただの男と女であった。

濃厚なくちづけは二分以上も続き、ようやく唇が離れる。ふたりのあいだに粘っこい唾液が繋がり、それは恥じらった亜希によって舐めとられた。

「いけない子ね……」

目許を赤く染めた先生に睨まれ、恵介は素直に「すみません」と謝った。

もっとも、彼女はここに入ることに同意したのである。こうなることも重々わかっていたはずだ。要は共犯なのであり、教師という立場上と、あとは照れくささから、倫理的なことを口にしただけに過ぎない。

「ね、わたし、お酒くさくない？」

今になってだいぶ飲んでいたことを思い出したらしく、亜希が不安げな面持ちになる。

「いいえ、全然。先生はとてもいい匂いがします」

「いい匂いって……やだ——」

焦って離れようとする柔らかなボディを、恵介はしっかり抱きしめて離さなかった。

「ね、シャワー浴びさせて」

すでに行為に及ぶ覚悟はできているようだが、女性としての慎《つつし》みを忘れてはいない。それはとても好ましく感じられたものの、今も嗅いでいる甘くてかぐわしい体臭を洗い流されたくなかった。

もう一度唇を重ねると、彼女を抱いたままそばのベッドに倒れ込む。

「んんんッ」

熟《う》れた芳香を振りまきながら、亜希が駄々っ子みたいにもがく。ほどこうとする唇を、恵介はしつこく追い続けた。

牡の秘茎はいつの間にかいきり立ち、雄々しい脈打ちを示す。劣情にまみれて疼《うず》くそれを恩師に押しつけないよう、彼は腰を浮かせていた。

欲望は募っていたが、それのみをあからさまにすることを避けたのだ。次は望めない、今だけのひとときを大切にするために。

ただセックスをしたいだけと思われたくなかった。たとえその気持ちが多くを占めていたとしても。

今度はいくらか時間がかかったものの、亜希は結局おとなしくなった。手足から力が抜けたのを確認してから唇をはずすと、焦点を失った眼差しが見あげてくる。

「……中鉢君って、意外と情熱的なのね」

欲望本位の所業を、いいほうに受け取ってくれたようで安堵する。ただ、同時に罪悪感も覚えた。

（先生の寂しさやつらさを、ちゃんと癒《い》やしてあげなくっちゃいけないんだぞ）

自分のことばかり考えないよう戒め、恵介はカーディガンを肩から外そうとした。けれど、寝そべったままではやはり難しい。

「自分で脱ぐから――」

亜希が決意を秘めた面持ちで言う。恵介は素直に身を剝がした。

ベッドの上にぺたりと坐った彼女がカーディガンを脱ぎ、ワンピースのファスナーをおろす。頰を赤らめ、俯《うつむ》き加減で。

「ね、中鉢君もいっしょに……」

年上の女が肌をあらわにするところをぼんやり眺めていた恵介は、求められて我《われ》に返った。

「は、はい」

急いで応じ、素早く服を脱ぎ捨てると、ブリーフのみの姿になる。

股間は一目で昂奮状態がわかるほどに隆起していた。そこを見られないよう両手で隠したものの、頰がどうしようもなく熱くなる。

（先生に全部見られちゃうのか）

そう考えるだけで居たたまれなくなった。優しく接してくれるはずとわかっていながら、他の誰に見られるのよりも恥ずかしいのはなぜだろう。

だが、それは亜希のほうも同じだったらしい。

上下の下着のみになった彼女が逡巡を示す。ブラのホックに指をかけたところで動きが止まった。

「うう……」

耳たぶまで赤く染めて羞恥《しゅうち》の呻きをこぼし、どうしようかと迷いを示す。乳房を晒《さら》すことに抵抗を禁じ得ないようだ。

それでも恵介が最後の一枚になっているのを認め、仕方ないと決心したらしい。ホックを外すと、胸もとを腕でしっかりガードしながらブラジャーを取り去った。

そして、ふくらみを隠したままベッドに横たわる。

（おれ、先生とするんだ——）

清楚な白いパンティのみの裸身を見おろし、目眩《めまい》を起こしそうになる。ようやく現実感が戻ってくると、今度は嬉しさを通り過ぎて怖くなった。

それでも欲望には抗えず、なまめかしい甘ったるさをふりまく女体に被さる。

「ああ……」

亜希は背中に腕を回し、しっかり抱きしめてくれた。胸もとでひしゃげる乳房の柔らかさや、肌のなめらかさにもうっとりする。

「先生――」

感極まってくちづけようとすると、

「あ、ちょっと待って」

唇の前に人差し指が当てられ、進むのを制止される。

「え?」

「こういうときに先生はやめて。名前で呼んでほしいわ」

甘える口調でお願いされ、胸が高鳴る。教師と教え子という関係を忘れ、今だけはひとりの女になりたいのか。

ただ、恩師たる彼女を名前で呼ぶことには抵抗があった。求められているのは「小林さん」なんて他人行儀なものではなく、ファーストネームを呼び捨てにすることなのであろうから。

けれど、そうすることで気持ちが安らぐのなら、応えるべきだろう。

「亜希……」

ためらいがちに告げると、先生がホッとしたように頬を緩める。瞳が潤み、じっと見つめてきた。

かたちの良い艶めいた唇がかすかに動き、吐息みたいな声を洩らす。すぐに彼女が唇を求めたのは、おそらく照れくさかったからではないか。

だが、舌を深く絡めあううちに情感が高まってくる。唇をほどいてじっと見つめあえば、年の差や元々の関係も気にならなくなった。

「恵介――」

「亜希」

「……恵介」

もう一度、恋人同士のように名前を呼び、互いをまさぐりあう。

柔肌を撫でながら、恵介は徐々にからだの位置を下げた。ふっくらした盛りあがりの乳房を揉み、桃色の可憐な乳頭に口をつける。

「くふぅ」

亜希が喘ぎ、背中を浮かせる。胸もとから甘酸っぱい匂いがふわっとたち昇った。昂奮と歓喜で女体が汗ばんだからだろう。

舌ではじかれる突起が硬くしこってくる。唾液に濡れて赤く色づき、膨張したことで感度が増したらしい。下半身のうねりと、切なげな喘ぎが著《いちじる》しくなる。

「んぅ……あ、はああ」

上半身も時おり痙攣《けいれん》を示し、乳房がふるんと波打った。

ほのかな甘みを舌に感じながら、もう一方の乳頭は指で摘《つま》み、クリクリと転がす。ふたつの敏感な尖《とが》りを愛撫され、亜希は艶声をこぼし続けた。

(そろそろいいかな)

充分に高まったのを見計らい、恵介は乳首を弄《もてあそ》んでいたほうの手を下降させた。熟れた脂《あぶら》が程よくのった腹部を撫で、最後の薄物が守るところへと至る。膝を割り込ませて太腿のあいだに隙間をこしらえると、中心に指を這わせた。

「あふッ」

甲高《かんだか》くなった喘ぎ声と同時に、全身にわななきが生じる。探り当てた女芯はいくらか窪んでおり、クロッチがじっとりと湿っていた。

(濡れてる……)

受け入れる準備を調えつつあるとわかり、喜びがこみあげる。縦ミゾに沿って指を何度も往復させると、かすかな粘り気が感じられるようになった。

「ね、ね……もう——」

我慢できないというふうに、亜希が頭を左右に振って進展をねだる。恵介は小さくうなずいて身を起こし、パンティのゴムに両手をかけた。

求めておきながら、彼女は両手で顔を覆《おお》って恥じらった。それでもおしりを浮かせて、脱がされるのには協力する。

最後の一枚が爪先《つまさき》から抜き取られ、あらわになるナマ白い下腹。逆毛だった恥毛は淡い色合いで、真下の陰裂を隠すほどの量はない。少し膝を離しただけで、嘴《くちばし》のように突き出たクリトリス包皮や、端っこを濃く染めた花弁のはみ出しも見て取れた。

しかし、亜希が脚をぴったり閉じてしまったため、秘められた部分が隠されてしまう。

「ね、明かり消して」

涙目で訴えられたものの、恵介は首を横に振った。

「そんなことしたら、亜希の綺麗なからだが見えなくなるよ」

「うう、バカ……だ、だったら、恵介も脱いで」

自分ばかりがすべてを晒しているから、余計に羞恥を覚えるのだろう。

恥ずかしいのは恵介も一緒だった。しかし、この状況で拒むのは、男としてどうかというところだ。それに、お互いにすべてをさらけ出したほうが、彼女もその気になりやすいはず。

「ああ」

「わかった」

恵介は膝立ちになると、ブリーフの隆起を亜希に見せつけた。あるいは顔をそむけるのではないかと思ったものの、ふたつの目は閉じられることなくその部分に向けられる。

（うう、見られてる）

脱ぐことをためらったのは、単純に恥ずかしさからではない。勃起したペニスなどを見せたら、先生に叱られる気がしたのだ。やはり彼女は自分にとって神聖というか、穢《けが》すことを許されない存在のようである。

その一方で背徳的な昂ぶりも覚え、思い切って最後の一枚を脱ぎおろす。

ぶるん——。

ゴムに引っかかった分身が勢いよく反り返り、下腹をペチリと叩いた。

「あ——」

亜希が目を見開き、小さな声を洩らす。けれど、血管を浮かせた無骨な器官から視線を逸《そ》らすことはなかった。

むしろ、穴が空くほどじっと見つめてくる。

「立派だわ……」

感心したふうなつぶやきに、羞恥がマックスまでふくれあがる。耳たぶがやけに熱い。

しかし、熟女の眼差しが注がれる屹立は、恥じ入ることなく威張《いば》りくさり、天井を睨んでそそり立つ。あやしい悦びにまみれ、ビクビクと脈打ちながら。

「こっちに来て」

手招きされ、恵介は膝立ちのまま怖ず怖ずと前に出た。彼女の頭の横まで進むと、しなやかな指が筋張った肉棹にのばされる。

「うう」

握られるなり、目のくらむ快さが背すじを這いのぼる。さらにニギニギと強弱をつけられ、脚がどうしようもなく震えた。

「すごく硬い……やっぱり若いのね」

来年は三十歳になるのだから、若いなんて言われるような年齢ではない。だが、対等の男女として振る舞っても、亜希が「先生」であることを忘れられないように、彼女もまた、自分を「生徒」として見てしまうのかもしれない。

「ね、もっと寄って」

屹立を引っ張られて腰を落とす。じっくり観察するつもりなのだろうか。

(だったら、おれも――)

恵介は恩師の隣に逆向きで横臥《おうが》すると、むっちりして肉づきのいい腰を抱き寄せた。女芯を確認するために。

亜希は不服げな声を洩らしたものの、自身も牡のシンボルを手にしているから、強く抵抗できなかったようだ。内腿に手を差し入れると、渋々というふうに開いた。

(ああ、これが先生の——)

間近で目にする秘唇はより生々しく、磯の生物を連想させる淫靡《いんび》な佇《たたず》まいだ。合わせ目に透明な蜜を滲ませ、全体に潤っているから、そんなふうに感じるのだろう。はみ出したものは、花びらというよりは貝の肉のようである。

汗を煮つめたものに粉チーズをまぶしたみたいな、悩ましさの強い匂いが漂ってくる。シャワーを浴びていない正直な恥臭が牡の劣情を高めるものであると、恵介は初めて知った。付き合った女性とのセックスでは、彼女は事前にその部分を清めていたから。

「あんまり見ないで……」

亜希が泣きそうな声で訴える。だが、彼女だってペニスをじっくり観察しているはずなのだ。

(見なければいいんだな)

だったら味わわせてもらおうと、腿のあいだに頭を差し入れる。少しもためらわず、かぐわしい源泉にくちづけた。

「もう」

「ひッ――」

息を吸い込むような声が聞こえたのと同時に、柔らかな内腿に頭を強く挟まれる。

「だ、駄目……あああ、そこは駄目よぉ」

腰をよじって逃げようとするのを、両手でがっちり抱え込んで離さない。恵介は恥割れに舌を差し込み、ピチャピチャと躍らせた。

「あ、あ、あ、イヤッ」

鋭い悲鳴があがり、女芯がせわしなく収縮する。

味蕾《みらい》はほのかなしょっぱみを捉えていた。匂いほどには強いものでなく、女教師の慎ましさそのものに感じられる。

「駄目よ、そこは――よ、汚れてるからぁ」

亜希が切なげに嘆《なげ》く。やはり洗っていないから抵抗を覚えるのだろう。

だが、快感も相応に得ているはずで、内腿が攣《つ》りそうにわなないている。もっと感じさせてあげたくて、恵介はフード状の包皮を指で剝いた。

ツンと香ばしい匂いが漂う。ピンク色の肉芽は、裾のほうに白いものをうっすらとこびりつかせていた。

(ちゃんと洗えてないんだろうか)

恥ずかしい垢を目の当たりにして、けれど軽蔑することはなかった。先生の秘密を暴いた気がして、むしろ胸をときめかせる。

だから躊躇することなく、敏感な突起に吸いついたのだ。

「きゃふぅうううッ！」

悲鳴が一オクターブも跳ねあがる。やはりそこが最も感じるポイントのようで、内腿の痙攣が激しくなった。

「そ、そんなところ……うはッ、あ、バカぁ」

舌先でクリトリスをはじけば、それに同調して下半身がビクビクとわななく。恥垢をすべて唾液に溶かして喉に落とすころには、柔肌がじっとりと汗ばんでいた。

「あ、イヤ――くうう、強すぎるぅ」

洩れ聞こえる喘ぎ声も煽情的な色めきを示す。時おり喉を詰まらせ、嗚咽《おえつ》をこぼすようになった。

（おれ、先生のを舐めてる……）

熱を帯びた陰部が、唾液が塗り込められることでいっそう猥雑な臭気をくゆらせる。慕っていた先生の恥ずかしいところに口をつけ、快感を与えているのだと考えると、なんだか本当の大人になった気がした。

「ううう、も、もう」

呻くような声がしたあと、屹立の先端が濡れ温かなものに包まれる。チュッと吸いたてられ、亜希が口をつけたのだと悟った。

(先生がおれのを――)

畏れ多いと感じながら、腰の裏が甘く痺《しび》れるほどの快感にまみれる。彼女の舌はクンニリングスのお返しをするかのように、くびれの段差をねちっこく辿《たど》った。それも舌先で汗や匂いをこそげ落とすかのように。

もしかしたら、クリトリスに恥垢がこびりついていたのを自覚していたのだろうか。だから辱められたお返しに、汚れが溜まりやすいところを責めているのかもしれない。

ただ、昨夜麻由美とセックスしたこともあり、恵介は今日の午後にシャワーを浴びてから同級会に出かけた。その部分に汚れは溜まっていないはずである。

それでも、申し訳なさを感じずにはいられなかったが。

秘核を重点的に吸いねぶるあいだに、透明な蜜が恥割れ内にたっぷり溜まった。表面張力の限界を越え、今にも滴《したた》りそうだ。

恵介は唇を密着させ、ぢゅッぢゅッと派手な音をたててすすった。

「むふぅうう」

ペニスを含んだまま亜希が呻く。こぼれた鼻息が陰嚢に吹きかかった。

横臥してのシックスナインで、互いの性器をしゃぶりあう。敏感な部分を徹底して口撃するフェラチオに、恵介は懸命に爆発を耐えねばならなかった。

（先生を先にイカせなくっちゃ――）

その一心で舌を律動させ、ぬるい蜜液をすする。ぷっくりとふくらんだ淫核を唇で挟んで吸いたてると、汗で湿った内腿がわなないた。

「ぷは――」

とうとう堪えきれなくなったか、亜希が肉根を吐き出す。硬く強ばりきったものにしがみつき、下半身を電撃でも浴びたみたいに震わせた。

「ああ、あああ、い――イッちゃうぅ」

喉の奥から歓喜の声を絞り出し、一気に頂上へと駆け上がる。

「くううう、イクイクイク、う、はあああぁッ！」

聖職者らしからぬ派手なアクメ声を張りあげ、熟れたボディが悦楽にわななく。絶頂の波が去ったあとも、艶肌が絶え間なく波打った。

腫《は》れぼったくふくらんだ花弁が開き、狭間から薄白い恥蜜をトロリと溢《あふ》れさせる。それを舌に絡め取ってから、恵介は女芯から口をはずした。

「はあ……ハァ——」

仰向けになった亜希が、力尽きたように手足をのばす。しどけなく横たわる魅力的な裸身を見おろし、恵介は彼女の唾液に濡れた分身をヒクリと脈打たせた。

(綺麗だ、先生……)

無防備な姿がやけにセクシーだ。パンティを脱がした直後は逆毛立っていた秘毛も、しっとり潤ってヴィーナスの丘に張りついていた。

大きく上下していた胸が、次第におとなしくなる。閉じていた瞼も開かれた。

焦点のはっきりしない潤んだ眼差しが見つめてくる。胸のときめきを覚えたとき、唇が何かを思い出したように動いた。

「……バカ、ヘンタイ」

なじられて、恵介は戸惑った。

「あんなところ舐めるなんて……旦那にだって、ほとんど舐めさせたことないのよ」

「え、どうしてですか?」

「恥ずかしいからに決まってるじゃない!」

亜希が眉間に深いシワを刻む。馬鹿なことを訊いてしまったと、恵介は首を縮めた。

「だいたい、シャワーだって浴びてなかったのよ。同級会でたくさん飲んで、トイレに何回も行ったの知ってるでしょ？　あんな汚れてて臭いところを舐めるなんて、正気と思えないわ」

憤りをあらわにされ、デリカシーに欠けていたかもしれないと反省する。ただ、反論すべきこともあった。

「おれは汚れてるとも臭いとも思いませんでした。それに、大好きな先生のものだから、舐めたくなったんです」

真剣に訴えると、亜希は虚《きょ》を衝かれたふうに目をパチパチさせた。それから妙にうろたえ、頬を赤く染める。

「だ、だから、先生なんて呼ばないでって言ったじゃない」

本筋と関係のないところに言いがかりをつける。明らかに照れているとわかる反応だ。

（可愛いな、先生）

胸に愛《いと》しさがこみ上げ、優しい気持ちになる。ぷいと横を向いた彼女に、恵介は身を重ねた。

「ごめんね、亜希」

耳元に囁《ささや》くと、年上の女はますますうろたえ、目を落ち着かなく泳がせた。

「い、今さら何よ」

だが、本当に気分を害しているわけではないのだ。その証拠に、背中に回された腕が慈《いつく》しむように撫でてくれる。

「わたしはもう若くないんだから、あ、あんまりいじめないで」

自虐的な台詞《せりふ》もほほ笑ましい。

「亜希はまだ若いよ。それに、とても可愛い」

「可愛いって――か、からかわないで」

「本当だよ」

「うう、バカ」

涙目になった亜希から唇を求められ、恵介は応えた。舌を深く絡めても欲望本位ではない、互いの気持ちを伝え合う優しいキスだ。

それでいて、股間の漲《みなぎ》りは彼女の中に入ることを望み、雄々しく脈打っていた。

太腿に押し当てられる牡の象徴に、彼女も気づいたようである。唇を交わしながらも悩ましげに下半身をくねらせ、むっちりした柔肉で刺激を与えてくれる。

滲み出る先走りで、亀頭が艶肌をヌルヌルとすべる。快さに、恵介の忍耐もいよいよ限界に近くなった。

「――したいの？」

唇をほどくなり、女教師が上気した面持ちで問いかける。

「うん」

「じゃ――」

脚が開かれるなり、恵介は腰を入れた。もう、ほんの一時も待ちきれなかったのだ。

方向を変えることさえ難しいほど硬くなったペニスは、手を添えずとも女窟の入り口を捉えた。先端が柔らかく蕩《とろ》けた部分にめり込んだから、そうとわかったのだ。

「ここ?」

いちおう確認すると、亜希は無言でうなずいた。瞼を閉じると、わずかに腰を上向きにしたようである。

「いいよ、挿れて」

告げられるなり、恵介は腰を沈めた。たっぷり濡れていたおかげで、屹立は抵抗なくヌルヌルと呑み込まれる。

「くうぅぅ」

彼女が背中を浮かせて呻いたのと、狭まりに侵入した肉根が熱い締めつけを浴びたのは、ほぼ同時であった。

「ああ、入った」

思わず声が洩れる。根元まで埋め込んだところで、快感と感動に包まれた。

「あふぅ、すごい」

亜希も首を反らし、感に堪えない声をあげる。

内部はかすかに蠢《うごめ》いていた。ちょうどくびれの嵌まり込んだあたりが狭くなっており、敏感な部分を柔ヒダの輪っかでキュッキュッと締めつけてくれる。

「うう……」

快感に呻き、恵介は反射的に腰を引くと、再び深く突き挿れた。

「あふぅううッ」

亜希がのけ反ってよがる。火照《ほて》って汗ばんだ肌がヒクヒクと波打った。

そのまま本格的なピストンに移行し、恵介は熟れた女体を突きまくった。奥の狭まりでくびれの段差をくちくちとはじかれ、目のくらむ快感に我を忘れそうになる。

（おれ、先生としてるんだ――）

同級会で顔を合わせたときには、こんなことになるなんて想像すらしなかった。おかげで、ここに至る経緯もはっきり思い出せない。

ただ、狂おしい悦びだけがあった。

「あ、あ、あ、恵介ぇ」

彼女もよがり泣き、腰をくねらせる。もっと奥まで突いてほしいとねだるように両脚を掲げ、年下の男の腰をかき抱いた。

「ああ、すごい……亜希の中、ヌルヌルして気持ちいいよ」

「ば、バカ、余計なこと言わないで」

恵介を叱《しか》りながらも、内部は蠢いて悦びを与える。意識してなのか、入り口と奥まったところが交互に締めつけるものだから、たちまち危うくなった。

「本当に気持ちいい……もうイッちゃいそうだ」

切羽詰まった状況を訴えると、亜希はちょっとびっくりしたように目を丸くした。けれど、すぐにうなずき、

「いいわよ、このまま——」

中で果てることを許してくれた。

(本当は先生もイカせてあげたいけど……)

だが、それには動きをセーブしなければならず、絶頂までうまく導けない可能性が高い。それよりは一度放出して、再び挑んだほうがいいだろう。

「じゃ、いくよ」

恵介は己の欲望にのっとって動いた。リズミカルにペニスを出し挿れし、膣奥を抉《えぐ》る。

結合部がちゅくちゅくと卑猥な音をたてた。

「あ、あ、感じる――」

彼女もよがり声をはずませる。半開きの唇からかぐわしい吐息を間断なく洩らした。

間もなく、終末へと呼び込む波が襲来する。

「あああ、いく、いくよ」

蕩ける愉悦にまみれて告げると、

「いいわ……ああ、中にいっぱい出してぇ」

煽情的な艶声がねだり、それが射精の引き金となった。

「ううう、出る――」

目のくらむ快美に腰椎を砕かれる。恵介は牡のエキスを勢いよく放った。

「はあああ……」

体奥にほとばしりを感じたのか、亜希が背中を浮かせてのけ反り、ヒクヒクと裸身を波打たせる。膣全体が精液を搾り出すみたいにすぼまった。

「おおぉ」

ダメ押しの快感に、最後の雫《しずく》をトロリと溢れさせる。

（最高だ――）

心から慕う先生と深く結びつき、恵介はこの上ない幸福感にひたった——。

汗ばんだからだをぴったりと重ね、オルガスムスの気怠《けだる》い余韻にひたっていると、亜希がポツリとつぶやいた。

「……わたし、悪い先生だわ」

「え？」

「教え子とこんなことするなんて……いくら大人同士になったからって、許されるべきことじゃないもの」

内に悲愴を秘めた表情から、本気でそう考えているのだとわかる。どこまで生真面目《きまじめ》なのかとあきれつつ、けれど彼女らしいとも思えた。

「先生と生徒の関係は無しだって、亜希が言ったんだよ」

「え、いつ？」

「名前で呼んでってことは、つまりそういうことじゃないか」

「あ、あれはそういう意味じゃなくて——」

まだゴチャゴチャと言い訳を述べそうだったので、恵介は唇を塞《ふさ》いだ。舌を絡ませて唾液を貪《むさぼ》り飲みながら、完全には萎えていないペニスを抽送する。それはたちまち力を漲らせ、狭道の締めつけに抗うように脈打った。

「ぷは——あ、駄目ぇ」

深々と抉られる熟女が、頭を振ってよがる。かき回される膣道は、ふたり分の恥液が泡立ってグチュグチュと淫らな音をたてた。

「や、やだ、まだするの⁉」

「亜希が余計なことを忘れられるように、今度はおれが気持ちよくしてあげるからさ」

「な、生意気言うんじゃないの」

亜希が泣きそうに顔を歪め、クスンと鼻をすすった。

「バカ……ありがと」

つぶやいて恵介にしがみつく。あのころより熟れた女体を、歓喜に震わせた。

(今だけでも、全部忘れていいから——)

彼女を最高の悦びに導くべく、恵介は速いリズムで腰を振り続けた。

第三章　二度目の成人式

1

八月十五日――。

朝帰りをした恵介は、午後の二時を回ってからようやく目を覚ました。

（……亜希）

まだ頭がぼんやりしていたのに、まるで水底からあがってきた泡みたいに、その名前がぷかっと浮かぶ。すでに思い出せなくなっているが、ひょっとしたら彼女の夢を見ていたのだろうか。それも互いに名前を呼び合って、淫靡《いんび》な行為に耽るものを。

実際、ペニスは普段の朝勃ちの比ではなく、今にも破裂しそうに猛《たけ》っていたのだ。

ブリーフの上から高まりを握りしめると、快感が電流となって手足の先まで行き渡る。自然と腰がくねり、直《じか》に握って欲望を放出したい衝動にかられた。

（……おれ、先生としたんだ）

昨晩の濃密なひとときが蘇る。そうするとますます分身が脈打ち、恵介は切なさに身をよじった。

抜かずに続けた二回目で亜希を絶頂に導き、ふたりは抱き合ったまま心地よい疲れにまみれて眠った。そうして今朝早くにホテルを出て、駅前で別れたのである。

『ありがとう、中鉢君』

別れ際、彼女は瞳を潤《うる》ませて言った。お礼を述べるのはこちらだと思ったものの、溢《あふ》れる涙で声が詰まり、恵介は何も告げられなかった。

（あれでよかったんだろうか——）

今になって後悔が頭をもたげる。最後に何も言えなかったことについてではない。先生と肉体関係を持ったことについてだ。

仕事の悩みや夫婦の問題を打ち明けたときの亜希は、ひどく落ち込んでいた。同級会では教え子たちと明るく言葉を交わし、昔と変わっていないかに見えたのに、時の流れは彼女にも試練を与えたようである。

だから勇気づけてあげたくて、女としての自信を取り戻してもらいたくて、一夜の契《ちぎ》りを結んだのだ。しかし、あれが本当に純粋な気持ちで為されたことであったのか、今となっては自信がない。

(おれは単に、先生を抱きたかっただけなんじゃないだろうか……)

ひとときの劣情に任せて、恩師であった年上の女性を我がものにしたのではないか。それこそ弱みにつけ込んで。

頭がはっきりしてくるにつれ、罪悪感も募る。やはり間違っていた気がして、心がやけに重くなった。

そのとき、枕元に置いた携帯の着信音が鳴ったものだからビクッとする。焦《あせ》って手に取れば電話ではなく、メールだった。

(え、先生——)

表示された名前は、今朝別れたばかりの恩師。アドレスと番号を交換したのを、今さら思い出す。

恵介は胸を高鳴らせながらメールを開いた。

【昨夜は遅くまでありがとう。おかげですごく元気が出ました。

話を聞いてもらえただけでも気持ちがすっきりしましたし、

何よりいちばん嬉しかったのは、中鉢君がわたしを女として見てくれたことです。

だけど、中学時代はけっこう真面目な子だったのにね。

あんなにエッチになってたのは予想外で、認識が甘かったかなと反省しています。
わたしのを全部見られちゃったし、あんなにいっぱい舐められて、
すっごく恥ずかしかったんですからね。
でも、それだけわたしに夢中になってくれたんだと思うことにしました。
男のひとからあんなに求められたのって、実は生まれて初めてなんだよ。
それから、あんなに感じたのも。
まだまだ女として捨てたもんじゃないなって、自信が湧いてきました。
あー、中鉢君とのことを思い出したら、なんだかからだが熱くなってきちゃった。
エッチなのはわたしのほうかもしれません。って、こんなんじゃ先生失格ですね。
昨日はみんなにも会えて、本当によかったです。
教師になりたての、あのころのわたしに戻れた気がします。
一からやり直すつもりで、これからもバリバリ頑張りますからね。
中鉢君も編集の仕事を頑張って、あの雑誌をいいものにしてください。
わたし、楽しみにしていますから。
追伸
かなり恥ずかしいことを書いちゃったので、このメールには返信しないでください。

送信するのにも、けっこう勇気を出したんですから。

それから、読んだら必ず削除してね】

頰を染め、照れまくっている表情が浮かんでくる文面に、不覚にも泣いてしまいそうになる。ただセックスをしたかっただけなのではないかと罪悪感を覚えたが、むしろ欲望のままに求めたことで、彼女は女としての自信を取り戻したらしい。

（だって、本当に魅力的だったんだから、先生は——）

そのことをもう一度伝えたかった。しかし、釘を刺されたから返信はできない。もちろん電話も避けるべきだろう。

（先生にはきっとまた会える。そのときに伝えよう）

それまでに、自分はもっと成長していなければならないとも思う。

さっきまでウジウジと悩んでいたのが嘘のように、実に清々《すがすが》しい気分だ。今の仕事についても、いくらか前向きになれた気がする。

これも先生のおかげだと、恵介は亜希に心から感謝した。

（おれのほうこそありがとう、先生——）

蒲団から出て、大きく伸びをする。すっかり遅くなったが、新しい一日を迎えるべく服を着た。

　そのとき、

「恵介、電話ーっ」

　母親の呼ぶ声がした。

「はーい」

　恵介は大きな声で返事をすると、急いで廊下に出た。

（ひょっとして内田かな？）

　昨夜、あとで合流すると言いながら、結局すっぽかしたのだ。亜希とのことを勘繰られることはないにせよ、何をしていたのかと問い詰められるかもしれない。

（飲み過ぎて具合が悪くなったことにすればいいか）

　言い訳を頭の中で組み立てながら、リビングの電話を取る。

「替わりました、恵介です」

　そう告げるなり返ってきた声は、予想していた旧友のものではなかった。

『先輩、お久しぶりです』

　聞き覚えのない女性のものだった。

　いや、正確にいえば、まったく覚えがないわけではない。似た声の人間を、恵介は知っている。

けれどその人物は、自分のことを先輩なんて呼ぶはずがなかった。

(もしかしたら、昨夜のことを根に持って、悪戯《いたずら》で言ってるのかな?)

彼の頭に浮かんでいたのは、亜希と話すために無視するかたちになってしまった同級生、佳菜子であった。

しかし、不意に別の可能性に思い当たる。彼女の身内で後輩に当たる人物といえば、

「村瀬——菜々子か!?」

問いかけに、電話の声が明るくはずむ。

『はい、そうです。文芸部の後輩の』

何者かはわかったものの、いったいどうして彼女が電話をかけてきたのか。恵介は軽い混乱を覚え、言葉を失った。

2

一時間後、恵介は母校の梅津中学校を訪れていた。

お盆の三が日は、学校は完全に休みである。生徒はもちろん、教師も学校用務員もいな

い。校舎は施錠されており、ヘタに忍び込もうとすれば警備会社がとんでくる。

だが、菜々子がここで会いたいと言ったのだ。

お盆を迎えても、夏の陽射しはまだまだ強い。学校の裏手側にある林のほうから、蟬《せみ》の鳴き声がひっきりなしに聞こえてくる。

(そういや、こっちに帰ってから昼間に出歩くのって、初めてかも)

着いたその足で伯父宅に寄ったのを除けば、昨日も一昨日も、出かけたのは夕刻になってからだ。そのため、今さら暑さを感じるのだろう。

額《ひたい》に滲《にじ》む汗を拭《ぬぐ》い、生徒玄関前で所在なく佇《たたず》んでいると、三分と待つことなく待ち合わせの相手が現れた。

(え、この子が――)

菜々子であるとすぐにわかったのは、どこか佳菜子に似ていたからだ。それゆえに、驚きも大きかった。

「すみません、先輩。お待たせしちゃって」

朗《ほが》らかな笑顔で頭をさげたのは、恵介が知っている内気で目立たない少女ではなかった。身なりこそ白いブラウスに黒のパンツと質素であるが、華やかな明るさを表情ばかりでなく全身にまとい、姉に負けず劣らずの美しい女性に変貌していた。

（似てない姉妹だと思ってたけど、そんなことないんだな）

いや、もともと共通点はあったのに、性格や振る舞いが著《いちじる》しく異なっていたから、気がつかなかっただけかもしれない。おそらく仕事での成功によって自信が生まれ、姉に近づいたのではないか。

「どうかしたんですか、先輩？」

後輩の顔をぼんやり見つめながら、あれこれ思いを巡らせていた恵介は、彼女に首をかしげられて我に返った。

「え？　ああ、いや――」

しどろもどろになったのは、『先輩』と呼ばれることに面映《おもは》ゆさを感じたためもあった。

「なんか、昔とすっかり変わっちゃったから、びっくりしたんだ」

「昔って、中学時代のわたしと比べてですか？」

「うん。まあ」

「そりゃ変わりますよ。十年以上経ってるんですし、もう子供じゃないんですから」

無邪気に言い返され、恵介は思わずドキッとした。『子供じゃない』という言い回しが、やけに艶《つや》っぽく聞こえたからだ。

ただ、二学年下の彼女は二十七歳、誕生日が来ていなくても二十六歳だ。たしかに立派な大人である。

（だからって、変わりすぎだろ……）

ここで気の利いた男であれば、ずっと綺麗になったなどと嬉しがらせる台詞《せりふ》のひとつも口にするのであろう。しかしながら、あいにく恵介には、臆面《おくめん》もなくそんなことを言う度胸はなかった。

だから、ただ「そうだね」と首肯《しゅこう》しただけであった。

もっとも、軽口が叩けなかったのは、菜々子が名を上げた編集者である所為《せい》もあっただろう。亜希にも指摘されたとおり、後輩の彼女に嫉妬やコンプレックスを抱いていたから、今も気安く話しかけることができないのだ。

これが単純に、先輩後輩として再会したのであれば、もっと心置きなく言葉を交わすことができたに違いない。わだかまりを拭い去れない今は、警戒心のない笑顔を向ける菜々子とは正反対に、恵介は頬をいくぶん強ばらせていた。

「ところで、こんな場所で会いたいって、いったい何の――」

用件を確認しようとすると、彼女は話題を逸《そ》らすように踵《きびす》を返した。

「ね、あっちに行きましょ」

顔だけを向けて告げるなり、すたすたと歩き出す。

（あっちって、どっちだよ？）

困惑しながらも、恵介はあとに続いた。

（昔は、こんなに積極的な子じゃなかったよな）

中学時代の菜々子は、声をかけられただけで俯《うつむ》くような、内気な少女であった。入部して二ヶ月を過ぎる頃にはだいぶ打ち解け、普通に会話ができるようになったものの、どうかすると視線を逸らし気味だったと記憶している。

だが、さっきの彼女は真《ま》っ直《す》ぐに目を見て話していた。そのため、恵介のほうが落ち着かなくなったのである。

（仕事で自信を得たから、性格も明るくなったのか）

それとも、性格の変化があったから、仕事で成果を上げることができたのか。まあ、どちらが先にせよ、確かなのはあの頃とは違うということだ。

「中に入れればいいのにな……」

コンクリートの古びた校舎を見あげ、菜々子が独りごちるように言う。ゆっくりした歩みで、どうやらこのまま校舎の周りを散策するつもりらしい。

その一メートルほど後方を歩きながら、恵介の視線はいつしか彼女の下半身へと注がれていた。

（けっこういいおしりをしてるんだな）

無意識にだろう、左右にぷりぷりと振られる双丘は、横にも後ろにも丸く張り出している。黒のパンツがぴったりと密着し、お肉のはみ出し具合まであからさまな下着のラインがセクシーだ。

そんなところを目にすると、本当にあの内気だった少女がここまで成長したのかと、不思議な気分にさせられる。

「そう言えば、今日は成人式で講師をやったんだろ？」

恵介がその話題を出したのは、彼女のヒップラインに見とれるうちに、おかしな気分になりそうだったからだ。

「え、誰から聞いたんですか？」

菜々子がからだを斜め後ろに向け、そのまま立ち止まることなく歩き続ける。

「いや、昨日おれたちの同級会だったからさ。そこで話が出たんだよ。ほら、村瀬の姉さんもいたから」

『姉さん』という単語を聞くなり、菜々子は顔をわずかに強ばらせた。その反応に、恵介のほうが戸惑う。

（あれ、妹のほうもお姉さんがそんなに好きじゃないのかな？）

佳菜子が名を上げた妹を疎《うと》ましく感じるのはわかる。しかし、どうして菜々子までもが、姉の存在を気にするのだろうか。

「そうなんですか……」

どこか白けた口調の返事。やはり佳菜子のことには触れられたくない様子だ。

(姉妹同士って、仲がいいイメージがあったんだけどな)

男兄弟の殺伐《さつばつ》としたものとは異なり、友達のように親密なのかと思っていた。どうやら家庭によって違うものらしい。

と、不意に菜々子が立ち止まる。そこは校舎の裏手にあたり、緊急時にしか使われない非常口があった。

「ここ、ガラスを壊せば鍵が外せますよね」

いきなり物騒なことを言い出したものだから、恵介は本気なのかと仰天した。

「そんなことをしたら、警備会社がとんでくるよ」

焦り気味にたしなめると、

「わかってます」

彼女がしれっとして答えたものだから、拍子抜けする。

「あ、体育館のほうに行ってみませんか?」

そう言って再び歩き出した菜々子は、校舎と渡り廊下でつながった体育館の裏側へと足を進めた。

林が近くなり、蝉の鳴き声がいっそううるさく響く。ただ、日陰に入ったおかげでいくぶん涼しくなった。

「講師なんて、本当は受けたくなかったんです」

唐突に菜々子が打ち明け、恵介は「え、どうして？」と問い返した。

「だって、わたしはまだ二十代ですよ。いくら相手が年下でも、偉そうに講釈を垂《た》れるなんておこがましいじゃないですか」

立ち止まり、ふり返った彼女は、やるせなさげにため息をついた。

「でも、父親が役場に勤めてるから、断りづらくって。だから、なるべく質疑応答を多くして、新成人のみんなと語り合える場にしたんです。ただ、うまくいったかどうか、自分ではわからないんですけど」

編集者としての実績を認められ、故郷に凱旋《がいせん》したのだ。やりたいこともできずに燻《くすぶ》っている身としては、厭味《いやみ》なのかと腹立たしくなる。

だが、菜々子は心から分不相応だと感じているようだ。生真面目な眼差《まなざ》しからそうと気づき、恵介は自分の小ささがほとほと嫌になった。

(後輩でも、村瀬のほうがずっと大人じゃないか……)

謙虚さとか、真摯な態度とか、そういうものが欠けているから、彼女との差がここまで広がったのではないか。

「年齢なんて関係ないさ」

自らに言い聞かせるように、恵介は告げた。

「年を重ねたって何もできてないやつもいるし、若くても結果を出しているひとだっているんだ。村瀬は編集者としての実績を認められたわけだから、大威張《いば》りでみんなに語ってやればいいのさ」

すると、菜々子はちょっとびっくりしたように目を見開いた。

「あ――ありがとうございます……」

他に適当な言葉が思い浮かばなかったのか、とりあえず礼を述べてから、恥じらって俯く。その姿に、中学時代の内気な少女が重なって見えた。

(ひょっとしたら村瀬は、昔とそんなに変わっていないのかもしれない)

おとなしく目立たずとも、コツコツと真面目に取り組むタイプだった。亜希が見たという、大学ノート何冊にも書きためた本の感想。そういう努力の数々が、今の彼女に繋がっているのだろう。

頬を赤らめ、モジモジしていた菜々子が、決心したように顔をあげる。

「先輩も、編集の仕事をされてるんですよね？」

「え？　ああ、まあね。誰かから聞いたの？」

「いえ……文芸部の顧問だった亜希先生が、先輩から進路について相談を受けたとき、編集者になることを勧めたと聞きましたから」

「そっか。ただ、勤めてるところは教育系の小さな出版社なんだ。自分がやりたかったものとは、だいぶ違っちゃってるけど」

自嘲気味に話すと、菜々子は困惑げに首をかしげた。

「だけど編集者って、いくつも出版社を渡り歩くひとがけっこういますよね。先輩も、いつかはやりたい方向に進まれるんじゃないんですか？」

そんな簡単なことじゃないと、反射的に愚痴《ぐち》りそうになる。けれど、どこまでも澄んだ瞳で見つめられると、ヤケ気味な受け答えはできそうになかった。

「まあ、そうしたいとは思ってるけど……」

消極的ながら肯定すると、彼女はホッとしたように白い歯をこぼした。

「よかった」

この言葉には、恵介は戸惑わずにいられなかった。

中学時代は同じ部の先輩後輩だったとは言え、今となっては赤の他人にも等しい間柄なのだ。どうして素直に喜べるのか、さっぱりわからない。

(これが人間としての器の差なのかな)

ますます自分が矮小《わいしょう》な人間に思えてくる。

「あ、先輩、あそこに行ってみませんか?」

唐突に菜々子が指差したのは、体育館脇にあるプレハブの建物だった。

(え、あんなの、前からあったっけ?)

そこには運動部用の古い部室があったと記憶している。だが、恵介たちが中学二年のときに新しい体育館が完成し、そちらに用具置き場や更衣室を完備したことで、部室は不要になったのだ。その後、すべて撤去されたはずだったのだが。

行ってみれば、プレハブの中はふたつに区切られており、どちらも小さめながら教室の体《てい》をなしていた。黒板に教卓、生徒用の机もある。但《ただ》し机は、それぞれ四つずつしかなかった。

「ここ、わたしたちが三年生のときにできたんですけど、要支援学級っていうんですか? 勉強についていけない子のための教室です。それから、不登校で校舎に入れない子も、ここで勉強してました」

全教科というわけではなくとも、教室での一斉授業では理解が困難だったり、著しく遅れる生徒がいる。それらを対象に、個別もしくは少人数で授業を行なうための場所のようだ。

また、こんな田舎であっても、不登校の生徒は増加傾向にあると聞く。そういう子たちのために、学校での居場所を確保したらしい。ここなら他の生徒たちと一緒の玄関を使わなくて済むから、ストレスを感じることなく登校できるだろう。

学級経営の雑誌を編集している関係上、教育現場における様々な問題については、現職の教員と同程度ぐらいに理解している。都会の敷地面積がギリギリの学校では無理だが、田舎《いなか》の土地に余裕があるところは、空き教室を利用するだけでなく、こんなふうに校舎から独立した建物を確保するのもひとつの手だろう。

（なかなかいい事例かもしれないぞ）

今度ウチの雑誌で紹介してみようかと考えているのに気づき、恵介は心の中で苦笑した。意にそぐわない仕事でも、いつの間にかどっぷりとつかっていたようだ。

と、ふたつの教室それぞれにある出入り口を調べていた菜々子が、一方のサッシ戸をカラカラと開けた。ふり返って、悪戯っぽい笑みを浮かべる。

「ここ、昔から施錠してないことが多かったんですよ。日直の先生も、外だからつい見回るのを忘れちゃうんですよね。まあ、忍び込まれたって、盗《と》られるようなものは何もないんですけど」

警備会社の防犯システムも、ここは監視の対象外になっているようだ。

「ね、入ってみましょ」

「いや、でも――」

恵介のためらいなど無視して、菜々子はプレハブ内に足を踏み入れた。入ってすぐのところにラバーマットが敷いてあり、そこでシューズを脱ぐ。

（ま、いいか）

結局、彼女のあとに続いたのは、教室という空間に郷愁を覚えたからだ。校舎内には入れないのであり、だったら代わりにここでという心境になっていた。

締め切っていた中は熱気がこもり、いくぶんむわっとしていた。それでも体育館の陰になっていたため、思ったほど暑くない。菜々子が出入り口と反対側の窓を開けると、涼しい風が吹き込んできた。

（ああ、これは――）

プレハブでも床や天井の素材は、校舎のものと変わりない。黒板とチョークの粉っぽさに、染みついた少年少女たちの痕跡もプラスされ、記憶を呼び覚ます匂いがした。

「教室の匂い……懐かしいわ」

菜々子がうっとりした顔つきで言う。同じ感想を持ってくれたことに親しみを覚えたとき、彼女が目を細めて睨《にら》んできた。

「ねえ、先輩。新成人の渡辺麻由美って子、知ってます？」

不意打ちの質問に、表情が感覚を失って強ばる。

（え、まさか――!?）

一昨日の夜のことを、目の前の後輩は知っているのだろうか。そんなはずはないと懸命に思い込もうとしたものの、意味ありげな彼女の眼差しに射貫かれ、恵介は誤魔化すことができなかった。

「ああ、まあ……」

胸の鼓動が速まるのを覚えつつ、渋々認めたものの、菜々子は特に咎《とが》めるような態度を示さなかった。代わりに、今日あったことを話し出す。

「式典のあとに懇親会があって、彼女――麻由美ちゃんがわたしの隣だったんです。講演の質疑応答のときには、発言こそしなかったんですけど、すっごくキラキラした目でわたしのことを見つめていて、懇親会では相談もされたんです」

「相談？」

「ええ。そこ、坐りませんか？」

　促されて、恵介は生徒用の椅子に腰かけた。彼女も隣の席に着く。

「彼女は家でやってるお店を手伝っているんですよね？　でも、このままでいいのかって、考えることがあるそうなんです。何か他にやりたいことがあるわけじゃなくて、漠然《ばくぜん》とした不満や不安があるみたいで」

田舎でのんびりしているのが性に合っていると、麻由美が言ったのを思い出す。けれど、あれは自らに言い聞かせていただけだったのか。都会に出たい気持ちはなくとも、今とは違う何かになりたい思いを燻らせていたのだろう。

「それで、どうすればやりたいことが見つかりますかって訊かれちゃったんです。さすがにわたしもどう答えればいいのかわからなくって、自分は本が好きで編集者になったから、好きなものに関わっていけばいずれ見つかるんじゃないかってアドバイスはしたんですけど。ただ、そもそも何が好きなのかもよくわかっていないみたいで、難しい顔で考え込んでいました」

近ごろの子供たちは、夢中になれるものをなかなか見つけられない。どう導けばいいのだろうという教師の悩みが、雑誌に投稿されてきたことがあった。おそらく麻由美だけでなく、若い世代の決して少なくない者たちが、同じように自分自身を見つけられずに悶々《もんもん》としているのではないか。

「……たぶん、満たされているからなんだろうね」

恵介がぽつりとつぶやいたことに、菜々子が「え?」と首をかしげた。

「いや、きっと欲しいものがそう苦労しないで手に入っていたから、何かを強く欲しがるとか求めるとかっていう経験がないんじゃないかな。だから何が欲しいのかわからないし、見つけられないんだよ」

「そっか……うん、わたしもそう思います」

菜々子が納得顔でうなずく。

「わたしは単純に本が好きで、でも、もっと面白いもの、これまでにないものを読みたいなんて贅沢なことを考えるようになったから、編集者になったわけですし。そう考えると、麻由美ちゃんたちみたいな子は、欲がないのかもしれませんね。欲深くなる必要がなかったっていうか」

「まあ、苦労がなくて楽かもしれないけど、何かをやり遂げたときの充実感は経験できないだろうね。それが漠然とした不満に繋がっている気がするな」

「そうですね。とにかく麻由美ちゃんは、自分を変えたかったんです。だから処女を捨てたんだと思いますよ」

いきなり核心に迫られ、恵介は胸の鼓動を撥《は》ねあげた。

「彼女、一昨日の晩に初体験をしたそうなんです。彼氏はいないから、その日初めて会った男性と。だけどそのひと、とても優しかったから、無事にバージンを卒業できたって喜んでました。女になって、何かが変わった気がするとも言ってましたから、彼女にとって幸福な初体験だったみたいですね」

そう言ってから、菜々子がクスッと笑う。

「明るくて純情そうな子なのに、けっこう大胆なんだなってびっくりしましたけど」

恵介は内心の動揺を包み隠し、彼女に訊《たず》ねた。

「じゃあ、相手が誰なのかも打ち明けたの？」

「いいえ。ただ、この町の出身で、お盆で東京から帰省してきたひとだって。あと、お店のお客さんだとも言ってました。酔っ払って家に泊まったのを、せっかくのチャンスだから迫ったたって」

名前を暴露されたわけではないと知り、安堵する。それだけの情報なら、自分だとバレることはないだろう。東京からの帰省者なんて、この時季いくらでもいるのだ。

そうたかをくくっていたから、

「麻由美ちゃんのバージンをもらったのって、先輩ですよね」

ほとんど断定口調で言われ、仰天する。

「ど、どうして⁉」

「違うんですか？」

問い返され、もともと嘘をつけないたちの恵介は言葉に詰まった。だが、すんなりと認めるわけにはいかない。

「だけど、東京から帰省した人間なんていくらでもいるし、どうしておれだって——」

「わたしには、彼女がとった行動が正しかったかどうかはわかりません。ただ、誰でもいいからなんて、深く考えずに相手を選んだわけじゃないと思うんです。根は真面目な子だってわかりましたから。きっと信頼できる相手を選んだはずなんです。そうすると、わたしには先輩しか思い浮かばなくて」

「……買い被《かぶ》りすぎだよ」

どうやら確信があるわけではないらしく、やれやれと首を横に振る。すると、菜々子がじっと見つめてきた。

「わたしが麻由美ちゃんの相手を先輩じゃないかって思うのは、わたしも彼女と同じだからです」

「え、同じって？」

「わたしも……先輩にバージンをあげた立場だから」

思いもしなかったことを告げられ、恵介はパニックに陥った。もちろんそんな覚えはまったくない。

「い、いい――いつ⁉」

焦りまくって訊ねれば、菜々子は少し間を置いてから、

「八年前です」

静かな口調で答えた。

「八年前……」

ということは、成人式があった年だ。

「じゃあ、あのとき部屋に来たのは――」

菜々子がうなずく。それでようやく、恵介はすべてを理解した。

3

八年前の、成人式の夜。

懇親会と、そのあとの二次会でも飲み過ぎた恵介は、途中から記憶を完全に無くしてし

まった。自分がどうなったのかまったくわからぬまま、夜中に目を覚ましたとき、見知らぬ部屋の蒲団に寝かされていた。

そこは六畳ほどの和室だった。激しい頭痛に襲われながらも、どこにいるのかを懸命に考える。しかし、さっぱりわからない。常夜灯のみで薄暗いためもあって、頭も目もぼんやりしていた。

いったい何をしでかしたのかと不安に苛《さいな》まれたとき、襖《ふすま》がすっと開く。そこから顔を覗かせた女性に、恵介は驚愕した。

佳菜子だったのだ。

酔い潰れてしまったため、いちばん近かった村瀬家に運び込まれたということを、恵介は翌朝になって聞かされた。けれど、そのときの彼は、どうしてここに佳菜子がいるのかと、深く考えなかった。まだアルコールが抜けていなかった所為だろう。中学時代からずっと不意に激しい情動にかられ、恵介は彼女に向かって切々と訴えた。

好きだったこと、結婚したと知らされ、とても悲しかったことを。

感極まって溢れる涙で、佳菜子の顔はぼやけていた。それでも枕元に膝をついた彼女は、真面目に耳を傾けてくれた。

そのあとは、また記憶が断片的になる。頭に血が昇り、酔いがぶり返したためらしい。

切れ切れに浮かぶのは、佳菜子と蒲団の中で抱き合っている場面だ。恵介は自分が未経験であることを伝え、せめて体験させて欲しいとねだった。

そして、そのとおりに事が進んだ。

経験がなかったわりに、挿入はスムーズだった。しかし、初めて味わう女膣の締めつけに堪えきれず、恵介は早々に精を噴きあげた。悲しみと快感を同時に味わいながら。やり切れなくて、そのまま続けざまに二度目を挑んだのではなかったか。

翌朝、目が覚めて昨晩のことを思い出した恵介は、すべて夢ではなかったのかと思った。けれど、股間には行為の痕跡——自分のものとは異なる乾いた体液や匂い——があり、実際にあったことなのだと理解した。

当然ながら、激しい自己嫌悪に苛まれた。

酔っていたとはいえ、どうしてあんなことを求めたのか。無理強いではなく、向こうも合意しての性交渉だったとはいえ、不倫であることに変わりはない。

しかも、彼女の家で交わったのだ。ひとつ屋根の下に夫がいたのに。

佳菜子の両親から朝食を食べていくよう勧められたものの、恵介は丁寧に辞退した。迷惑をかけたことを詫びると、早々に村瀬家をあとにしたのである。気まずくて、初体験の相手である同級生と顔を合わせられなかった。

そんなことがあったから、実家にも帰らなくなったのである。

あの夜の記憶を、恵介は胸の深いところに閉じ込めた。二度と思い出すまいと、固く心に誓った。

自身の過ちをなかったことにするためではない。佳菜子のためだ。あれはすべて忘れなければならないことなのだから。

佳菜子が離婚したと知ったとき、彼女の夫が不貞の事実を知ったからではないのかと、恵介は確信に近い疑念を抱かずにいられなかった。けれど、どうやらそれは杞憂《きゆう》だったらしく、安心していたのだが。

なのに、あの晩部屋にやってきたのは、妹のほうだったというのか。

（嘘だろ……）

目の前にいる後輩を、恵介は茫然《ぼうぜん》と見つめた。

当時、菜々子は大学一年生のはず。村瀬家に担ぎ込まれたときには前後不覚で、彼女が家にいたことすらわからなかった。

だからこそ、部屋にきた人物を佳菜子だと思い込んだのだ。もちろん酔っていたし、暗がりだった所為もあるのだろうが。

ただ、大学生の菜々子は中学時代と異なり、今のように姉と似た風貌になっていたのかもしれない。だとすれば、妹のほうだなんて考えもしなかったろう。好きだった子が人妻となり、その哀しみから感情的になって、判断力も低下していたのだから。

「だけど……どうして？」

漠然とした問いかけに、菜々子は首をかしげた。

「どうしてって？」

どこかはぐらかすような返答に、苛立ちを覚える。

不意に、あのときの記憶が断片的だが蘇り、恵介は頬が熱くなるのを覚えた。佳菜子だと思い込んでいた目の前の後輩に、自分は秘めていた恋慕をすべて打ち明けたのだ。

「村瀬は、お姉さんと間違われていることがわかっていながら、おれに抱かれたのか？」

菜々子が口をつぐむ。間を置いて、小さくうなずいた。

「どうして？」

問いかけてから、彼女が麻由美と同じだと言ったのを思い出す。

「つまり、相手が誰でもいいから処女を捨てたかったたっていうのか？」

今度は首が横に振られた。

「誰でもいいなんて思ってませんでした。麻由美ちゃんが先輩を相手に選んだのと同じように、わたしも先輩だから抱かれたんです」

「だから、どうして⁉」

さっきから同じ質問ばかり投げかけているのに焦《じ》れ、口調が刺々《とげとげ》しくなる。ところが、菜々子は少しも表情を変えない。やけに落ち着きはらった態度である。

そのため、恵介はますます苛立った。しかし、

「……先輩が姉さんのことを好きだったのは、わたし、中学のときからなんとなくわかってました」

またも予想外のことを告げられ、何も言えなくなる。

小さな学校だから、何かの折に上級生と下級生が一緒に活動をしていたし、普段も見かける機会が多かったはず。そんなとき、恵介が佳菜子に熱い眼差しを向けていたことに、彼女は気づいたというのか。

「だからあの晩、先輩がわたしを姉さんだと間違って告白したのにも、べつに驚かなかったんです。ああ、やっぱりそうだったんだなって、そのぐらいで」

「だけど、どうしてあんなことまで――？」

この問いかけに、菜々子は考え込むように口をつぐんだ。しばらくこちらをじっと見つめてから、

「少なくとも、先輩に同情したわけではありません」

相変わらず冷静な口調で答える。

「わたしがしたかったから、したんです」

「したかったって——処女を捨てたかったってこと?」

「……やっぱり、変わりたかったんです。あの頃は、わたしもあれこれ迷ってましたから」

「進路のことで?」

「進みたい方向は決まってましたけど、それが本当に叶うのか自信がなかったんです。自分にそれだけの力があるのかもわからなくって。大学の講義も高校の延長みたいで、あまり学んでるって意識が持てなかったし、自分のやってることのすべてに意味が感じられなくて、正直焦ってました」

だからセックスをして、自分を変えようとしたというのか。

(おれだって、いろいろ悩んだことはあったけど、べつに初体験で自分を変えようなんて思わな——)

だが、酔った上とは言え、佳菜子に泣きついて童貞を捨てようとしたではないか。それが菜々子の処女を奪うことになったわけであり、彼女を責める資格はない。

「あとは、姉さんに対する対抗心もあったかもしれません」

菜々子がポツリと付け加えたことのほうが、恵介にはしっくりくる気がした。

当時、佳菜子は婿を迎え、家の中では長女としての地位を確固たるものにしていたのだろう。それ以前からも明るくて人好きのする性格で、しかも優等生だった。そんな姉に、妹がコンプレックスを抱いていたことは容易に想像がつく。

おまけに、目の前で同じ部の先輩が姉へ告白し、肉体まで求めたのである。どうして姉さんばかりがと、苛立ちを感じたのではないか。

だったら姉を慕《した》う男を奪ってやれと、ヤケ気味な行動に出たのだろう。

ただ、それで佳菜子が悔しがるわけではない。菜々子があのことを姉に打ち明けた様子はなく、結局はただの自己満足だったのだ。

しかしながら、それで菜々子を憐れむ気にはなれなかった。若くして実績をあげるなど、順調に世渡りをしてきたかに思えた彼女も、それなりに悩みや挫折を味わったとわかったからだ。むしろ親近感を覚えた。

(村瀬にも苦労があったんだな)

それに、互いに初めて同士で結ばれたのだから。

「まあ、昔のことなんか、どうでもいいですよね」

言葉どおり、吹っ切るように告げた菜々子が席を立つ。恵介は虚を衝《つ》かれ、黒板のほうに足を進める彼女を茫然と見送った。

黒いパンツに包まれた、たわわなヒップがはずむ。セクシーな眺めにモヤモヤした気分が高まったとき、ふと肝腎なことを思い出した。

(セックスをして自分を変えたかったのはわかったけど、その相手がどうしておれなのか話してないぞ)

たまたま都合よく現れ、求められたのをいいことに利用したのか。いや、菜々子はさっき、『先輩だから抱かれた』と言ったではないか。

(じゃあ、おれのことが──)

自惚《うぬぼ》れが頭をもたげかけたとき、教卓に両手を突いた菜々子が、こちらにヒップを突き出すポーズをとった。たわわな丸みがいっそう強調され、さっきよりも喰い込んだかに見えるパンティラインにも目を奪われる。

「……いいですよ」

掠《かす》れ声で告げられたことの意味が、すぐには理解できなかった。後輩の魅力的な尻に見とれていた所為もある。

「したかったら、してください。八年前みたいに──」

セックスを誘われているのだとわかっても驚かなかったのは、もしかしたらという期待があったからだ。八年前のことを打ち明けられる前、校舎周りを歩いていたときから、無意識に淫らな雰囲気を感じ取っていた気がする。

だからこそ恵介は、ためらうことなく立ちあがり、彼女の真後ろに進んだのだ。

彼が後ろに立った気配を感じたはずなのに、菜々子はふり返ることはおろか、身じろぎすらしなかった。好きにすればいいという突き放した態度は、こちらを試しているかのようである。本当にできるのかしらと、嘲《あざけ》られている気もした。

もちろんそれは勝手な思い込みだ。しかし、さっきから年下の彼女にいいように振り回されている印象を拭い去れなかったため、恵介はそんなふうに思ってしまった。

（自分のほうが編集者として成功したから、こっちを下に見てるんじゃないのか？）

卑屈な感情にも囚われる。八年前だって、菜々子がすぐに正体を明かせば、恥ずかしい告白を聞かれずに済んだのだ。

羞恥《しゅうち》が恨みを呼び、だったら徹底的に辱めてやろうと荒《すさ》んだ心持ちになる。外のプレハブとは言え、教室内で淫らな行為に及ぶことへの昂ぶりも覚えた。

（学級経営の雑誌を編集しているのにな）

自虐《じぎゃく》的なことを考えて心の中で苦笑し、床に膝をつく。むっちりと肉厚な丸みが、目の高さと同じになった。

（すごい――）

間近にしたことで迫力が増す。着衣でも充分に熟《う》れていることがわかる豊臀は、女の色香をむんむんと放っているようだ。実際、甘ったるい香りがほんのりと漂《ただよ》ってくる。

劣情にかられ、恵介は双丘を両手で鷲摑《わしづか》みにした。

「ん――」

菜々子が小さな声を洩らし、腰をわずかにくねらせる。

たっぷりとした尻肉は、布越しでもぷりぷりした弾力が感じられる。肌をあらわにしていないのに、かたちと手ざわりだけで欲望が高まった。

そうして飽きもせず着衣尻を揉みまくっていると、彼女は「もう」と小声でなじり、自らボトムの前を開いた。同じ場所だけを集中して責められ、痴漢に弄《もてあそ》ばれているような気分になったのではないか。これなら下着や肌を晒《さら》したほうがマシだと考えたのだろう。

もちろん恵介とて、脱いでもらえるのならそれに越したことはない。緩《ゆる》んだパンツを摑み、膝まで引き下ろした。

あらわになったのは、オレンジがかったピンク色の、シンプルなビキニパンティだった。臀裂の在処をあからさまにするほど喰い込んでおり、裾から美味《おい》しそうなお肉がはみ出している。

ふわ──。

漂っていた甘い香りが、いっそう濃く揺らめく。肌の匂いに加え、羞恥部分がこぼす淫靡な成分も混じっているようだ。

（こんなにいやらしいおしりをしてるなんて……）

いっそヌードよりも煽情的な、薄布に包まれた熟れ尻。丸みが中途半端にはみ出しているからそそられるのだろうか。

だから恵介はパンティを脱がすことなく、再び柔肉の感触を愉しんだのである。後ろの布を尻割れにいっそう喰い込ませ、半分近くもあらわになった丸みを揉む。キスを浴びせ、頬ずりまでする。

我ながら変態じみていると思わないではなかった。けれど、教室ではしたない姿を晒す後輩は、講師らしいきちっとした服装だから、生真面目な女教師のようにも見える。そんな彼女に悪戯をしかけることで、背徳的な昂ぶりを覚えるのだ。

「あん、やだぁ」

菜々子が切なげに腰をよじる。焦らされていると感じたか、初めて顔を後ろに向け、恨みがましげな眼差しを向けてきた。

そんな顔をされると、ますますゾクゾクする。

ただ、恵介のほうもたまらなくなっていた。いきり立った分身がズボンの前を突っ張らせ、息苦しささえ覚えたのである。

もういいだろうと薄布に指をかけ、無造作に剝きおろす。割れ目に嵌まり込んでいた部分が最後に離れ、艶やかな臀部が全貌を現した。

「ううう……」

呻き声と同時に、尻肉がキュッとすぼまる。下着を穿《は》かせたままでも脱がせても、恥ずかしいのは一緒らしい。

（ああ、綺麗だ……）

最初に恵介はそう感じた。白い肌は見るからになめらかで、興を殺《そ》ぐシミも吹き出物も見当たらない。パンティのゴム痕《あと》は残っているものの、それはむしろエロチックな要素を加えていた。

それに、かたちも素晴らしい。曲線のみで構成された稜線は、芸術的な陶器のよう。ふっくらした丸みの下側に整った波形が描かれ、それは今にも滴《したた》りそうな雫《しずく》を思わせた。いかにも重たげで、よく熟れているふう。

そのとき、なぜだか恵介の脳裏に、中学時代の菜々子が浮かんだ。まったく女を感じさせず、ほんの子供でしかなかったのに、ここまで色っぽく成長したことが不思議に思える。もちろん、それだけの月日が経っているわけなのだが。

そして、彼女の初めてを自分が奪ったのだと考えるなり、腰の裏がムズムズする劣情に苛まれた。

（おれはこの子に挿入したのか——）

その部分を確かめるべく、ボリュームのあるお肉に手をかけ、臀裂を左右に割り広げる。深い谷が、ほんのり赤らんだ底の部分まであらわになった。

「あ、いや——」

菜々子が焦り、懸命に尻割れを閉じようとする。もちろん恵介はそれを許さず、秘肛のツボミや、さらに秘められた部分が見えるところまで開いた。

すっぱみの強い匂いが鼻腔に流れ込む。夏場だから汗をかき、谷間で蒸れたものが猥雑な臭気に変化したようだ。

けれど、少しも不快には感じない。素のままの生々しさに、むしろ惹《ひ》かれる。

（前はこんなことなかったのに……）

亜希の洗っていない秘部を舐めたからだろうか。三十路を前にして、フェティッシュな趣味に目覚めたのかもしれない。

そして、今もまた濃密な媚香を放つ谷に、恵介は鼻面を差し込んだ。

「え？　あああ、駄目ぇっ！」

菜々子が悲鳴をあげ、尻を振って逃れようとする。けれど恵介が艶腰をがっちり抱え込んだものだから、遠慮なく恥ずかしい匂いを嗅がれることになった。

「せ、先輩、そこは――駄目だめ、いけないのぉ」

拒《こば》まれてもなじられても鼻を鳴らし、こもっていた淫臭を胸いっぱいに吸い込む。頬に当たる柔肉のモチモチ感も心地よく、顔を密着以上にめり込ませた。

「そこ、汚れてるのに……ああ、やめてください」

涙声の訴えにも、恵介は耳を貸さなかった。こんなふうに尻を差し出すほうが悪いのだとばかりに、年下の女に恥辱を与え続ける。

彼女はこんなことを想定して、はしたないポーズをとったわけではあるまい。脱がされたら、すぐにペニスを受け入れるつもりだったのだろう。すっかり読みがはずれてしまったわけだ。

おまけに、恵介が汗じみた谷底をペロペロと舐めだしたものだから、ますます慌《あわ》てだした。

「イヤイヤ、あああーッ！」

過去の秘密を打ち明けたときでさえ、あれだけ落ち着き払っていた菜々子が、取り乱して悲鳴をあげる。排泄口たるツボミに舌を感じると、その部分をせわしなく収縮させた。

「ば、馬鹿、そこは――」

もはや先輩後輩という関係も忘れ、恵介を罵倒《ばとう》する。

唾液を塗り込められたアヌスは、生々しい香ばしさを放ちだした。恥ずかしい痕跡がシワの中に付着しており、それが溶け出したらしい。

「村瀬のおしりの穴、すごくいやらしい匂いがする」

罵倒のお返しに報告すれば、菜々子は「いやぁ」と嘆《なげ》き、教卓に突っ伏した。あまりの恥ずかしさに抵抗する気力を失くしたのか、肩を震わせて嗚咽《おえつ》をこぼすのみになる。

さすがに憐憫《れんびん》を覚えたものの、それよりは欲望のほうが勝っていた。味も匂いもなくなるまで秘肛をねぶり回してから、スミレ色の花弁をはみ出させた恥唇へと舌を運ぶ。

「あふッ！」

舌先を挿《い》れられるなり、声をあげた女体がビクンとわななく。

秘割れには温かな蜜がたっぷりと溜まっていた。尻溝の底やアヌスを舐められ、羞恥にまみれながらも昂ぶっていたということか。

（実は感じてたのかもしれないぞ）

だったらもっと感じさせてやろうと、舌を律動させる。

「あ、あ、はああッ」

敏感なところをピチャピチャと撹拌《かくはん》され、艶めいた声が間断なく洩れる。尻肉も忙しくすぼまり、双丘に筋肉の浅いへこみをこしらえた。

溢れる恥蜜を舌に絡め取り、ぢゅぢゅッとはしたない音をたててすする。その音が聞こえたのか、菜々子が「いやぁ」と嘆いた。

彼女のラブジュースはほんのり甘みがあった。性器そのものは発酵しすぎたヨーグルトみたいな匂いなのに、味はもっと控えめだ。

ただ、いくら掬《すく》い取っても枯れることなく、滾々《こんこん》と溢れ続ける。

「ん、んふッ、はああ」

喘ぎ声が煽情的な響きを帯び、蕩《とろ》けた女芯は体温以上に熱い。花弁が腫《は》れぼったくふくらみ、舌でピチピチはじかれると、下半身が切なげにわなないた。

「ああ、ぁ――そこぉ」

とうとうあらわなことを口走り、たわわなヒップをいやらしく揺すりだした。

充分に高まったのを見計らい、いよいよ最終ポイントだとばかりに、陰核包皮を剝きおろす。淡いピンク色の真珠に、亜希のように恥垢の付着こそなかった。ただ、あらわになるなり、チーズに似た匂いがプンと漂う。

（普段隠れているから、やっぱり汚れや匂いが溜まりやすいんだな）

男も包皮に隠れる先端部分がそうだから、似たようなものだなと親近感を覚える。それに、感じやすいのも一緒だ。

かたちも亀頭のミニチュアみたいなクリトリスを、恵介は舌先で直舐めした。

「くうううッ！」

菜々子がのけ反り、下半身の痙攣《けいれん》を著しくする。臀裂がすぼまり、鼻先をいく度も挟み込んだ。

「あ、ああッ、駄目――っ、強すぎるぅ」

剝き身のそこは、初めて包皮を剝いたときの亀頭と同じぐらい敏感のよう。気持ちよさよりはくすぐったさのほうが強いのではないか。

それでも、しつこくチロチロと舐めくすぐられるうちに、吐息が色めいてはずんできた。

「は、ハッ、あああ、あふっ」

秘割れに溜まる蜜液が薄白く濁り、濃くなった秘臭がゆらゆらとたち昇る。歓喜に汗ばんだ肌も甘酸っぱい芳香を放ち、女くささにむせ返りそうだ。

「ああ、あ、くぅうう、も、もう――」

切なさを訴える声に、菜々子が頂上へ向かっていることを悟る。ならばこのままイカせてあげようと、恵介は舌の律動を速めた。彼女が上昇の気運を逃さぬよう、一点集中で責め続ける。

間もなく、わななきが全身に広がった。教卓の脚をカタカタと鳴らすほどに、女体が艶尻をはずませる。

「あ、あ、ああァッ、駄目ぇっ——!!」

喉から搾《しぼ》り出すような声に続き、熟れたボディが強ばる。「う、うッ」とどこか苦しげな呻きのあと、がっくりと脱力した。

「はぁ、ハ——はふ……」

教卓に突っ伏した後輩が、息づかいを荒くする。恵介が口をはずすと、白く濁った蜜汁が開き気味の女陰からトロリと溢れ、糸を引いて滴った。それは膝に絡まったパンティの内側に落ちたようである。

（イッたんだ……）

淫らに収縮する恥芯を見つめ、今さら何をやっていたのかという気分に苛まれる。夢から醒めたようで、恵介は不意に罪悪感を覚えた。

4

ようやく呼吸を整えた菜々子が、涙目でふり返る。

「先輩がこんなにいやらしいひとだなんて、知りませんでした」

亜希にもクンニリングスのあとでなじられたことを思い出し、誘ったのはそっちじゃないかとは言えなくなる。

「……ごめん」

素直に謝ると、彼女はかえって虚を衝かれたらしい。むくれ顔に戸惑いを浮かべる。

「あ、謝るぐらいなら、最初からしなければいいのに」

つぶやくように言って身を起こす。

「今度は、わたしの番ですからね」

早口で告げると、恵介と場所を代わった。教卓を背にした彼の前に跪《ひざまず》き、ズボンに手をかける。

わたしの番ということは、お返しにフェラチオをするつもりなのか。そんなことをぼんやり考えながら作業を見守っていると、程なくブリーフも足首まで落とされ、牡《おす》の怒張があらわになった。

「あ――」

血管を浮かせた無骨な肉器官を間近に見て、菜々子がため息みたいな声を洩らす。いくらか怯《ひる》んでいるようでもあるから、あまり見慣れていないのかもしれない。

(セックスするのも久しぶりだとか)

編集の仕事が忙しくて、男と付き合う時間もないのではないか。それでも、怖《お》ず怖ずと
だが手をのべて、筋張った肉胴を握った。

「むう」

柔らかな指が快さを与えてくれる。恵介は呻き、腰を揺らした。

「硬いわ……」

つぶやくと、彼女は回した指に強弱を加えた。それによって悦びが高まり、膝がカクカ
クと震える。

菜々子の目は観察するように牡のシンボルを見つめていた。そんなに珍しいのかと声を
かけようとしたところで、

「これ、あのときよりも大きくなってますか?」

上目づかいで質問を投げかけてきた。

八年前、恵介はすでに成人だったのである。そこからさらに成長することはあるまい。ただ、あのあとセックスは相応にこなしたから、色合いなどに多少の変化はあるかもしれないが。

もっとも、初体験のときは暗がりだった。行為の詳細は思い出せないけれど、バージンだった彼女が今のようにじっくり観察したとは考えられない。単に見たままの印象を述べているだけなのだろう。

「いや……ほとんど変わってないと思うけど」

「そうなんですか」

菜々子は半分納得という顔でうなずき、エラを張った頭部に鼻先を寄せた。悩ましげに眉をひそめたところを見ると、薫製じみた青くさい匂いを嗅いだのだ。

出がけに簡単にシャワーを浴びたものの、ここに来るまでに汗をかいたし、股間も蒸れていたはず。恵介はさすがに居たたまれなくなったが、さっきは彼女の恥ずかしい匂いをさんざん嗅いだのである。自分ばかりが拒むわけにもいかず、知らぬフリをしてやり過ごそうとした。

ところが、菜々子は小鼻をふくらませ、清潔感のかけらもない臭気を堪能している様子だ。ひょっとして仕返しのつもりなのかと訝《いぶか》れば、からかう素振りは少しもない。

「い、嫌じゃないの？」

我慢できなくなって問いかければ、彼女がきょとんとした顔で見あげてくる。

「何がですか？」

「いや……今日もけっこう暑いし、汗くさいんじゃないかと思って」

もちろん単純な汗くささでないことぐらいわかっている。

「んー、先輩の匂いだから、べつに気にならないです」

答えてから、菜々子は眉間《みけん》に深いシワを刻んだ。

「先輩だって、わたしの恥ずかしいところをクンクン嗅いでたじゃないですか。わたしのほうが、ずっとくさかったはずなのに」

睨まれて、反論ができなくなる。どうやら彼女は、牡の精臭を好ましいものと捉《とら》えているふうだ。

(男も女も、相手の匂いに惹かれるようになっているのかな？)

とは言え、誰のものでもいいわけではあるまい。彼女が先輩のだからと言ったように、恵介も菜々子のものだから受け入れられたのだ。

それから、亜希のも。

「ううん、匂いを嗅いだだけじゃなくって、わたしの——いっぱい舐めたんですよ。あんなにやめてって言ったのに。しかも、おしりの穴まで」

思い出して羞恥がぶり返したか、菜々子の頬が赤く染まる。それでも、懸命に顔をしかめていた。

と、手にした強ばりを見つめ、小さくうなずく。

「だから、これはお返しです」

告げるなり、赤く腫れた頭部を口に入れた。

「あああ――」

チュパッと舌鼓が打たれるなり、目のくらむ快美が襲来する。恵介は後ろ手を教卓につき、からだを支えねばならなかった。

彼女はお返しと言ったが、ただの口実だろう。寸前で理由を思いついたのが見え見えだった。おそらく握ったときから、そうするつもりでいたのではないか。

恵介のほうも、こうなることを予想していた。しかし、実際にされると、快感よりも戸惑いが大きい。姉に似た美貌と、可憐な唇を犯す肉棒とのコントラストが、やけに痛々しく感じられたためかもしれない。

ただ、自分から咥《くわ》えたにもかかわらず、菜々子のフェラチオはひどく覚束《おぼつか》なかった。口に入れたものを吸い、どこをどうすればいいのかもわからず、怖ず怖ずと舌を動かしているふう。最初こそ快かったものの、稚拙《ちせつ》なおしゃぶりが続くにつれ、違和感を覚えるようになった。

(慣れてないみたいだな)

ロストバージンのあと、彼女もさらなる経験を重ねたと思われる。これだけ美人なのだし、肉感的な尻の持ち主なのだ。男が放っておくはずがない。

ただ、真面目な性格は昔から変わっていないようだから、オーラルセックスは好まなかったのかもしれない。舐めるのも、舐められるのも。ペニスを物珍しげに観察していたのは、これまであまり目にしてこなかったからではないのか。

もっとも、今は快感を与えようと、一所懸命に奉仕しているのがわかる。だから恵介は何も言わなかった。眉根を寄せて肉根をしゃぶり、時おり唇の端から舌をはみ出させる後輩を見おろして、穏やかな快感にひたる。

間もなく、菜々子が口をはずす。鈴口と下唇のあいだに粘液の細い糸が繫がったが、彼女は気がついていないようだ。

「気持ちよかったですか?」

頰をほんのり染めて訊ねられ、恵介は「うん、気持ちよかったよ」と答えた。

すると、後輩が不満げに下唇を嚙む。それにより、牡の先端と繫がっていた糸が切れた。

「お世辞なんか言わなくてもいいですよ。上手くできてないのは、自分でもわかっていますから」

やり切れなさそうにため息をつき、菜々子が立ちあがる。中途半端に脱いでいたパンツと下着を、爪先《つまさき》から抜いてしまった。

そして、恵介と入れ替わって教卓の前に立つ。脚を開き、さっきと同じようにヒップを突き出すポーズをとった。

「こっちで気持ちよくなってください」

さすがに恥ずかしいのだろう、顔を向けずに告げる。

(お世辞って……上手じゃないって顔に出てたのかな?)

思いつつも、色気を満々と湛えた熟れ尻を差し出されれば、何もせずにいられるはずがない。しかも彼女は、もっちりしたお肉を自ら後ろ手で開いたのである。

「こ、ここに――」

髪のあいだから覗く耳たぶが真っ赤になっている。羞恥帯をさらけ出す卑猥なポーズにも煽られ、ペニスが勢いよく反り返った。

ためらいは少しも感じなかった。恵介も足首に止まっていた衣類を脱ぎ捨て、前進する。唾液で濡れた強ばりを前に傾け、あらわに開かれた肉割れに先端をあてがった。

(ああ、熱い……)

そこは粘膜にじんわりと染み入る熱を帯びている。昂ぶりの蜜もたっぷりとこぼしているから、スムーズに結合が果たせるはずだ。

実際、恵介が前に出ると、潤滑された狭道に肉根がずむずむと呑み込まれてゆく。

「あ、あ、あ――」

菜々子が焦った声をあげ、背中を反らす。臀部の手を外し、教卓にしがみついた。

(入った――)

下腹と柔肌が密着する。ぷるぷるとわなないていた艶尻が、牡をすべて迎え入れたところでキュウッとすぼまった。

「はあ……」

安堵とも後悔ともつかないため息が聞こえる。侵入物の感触を確かめるように、膣口が何度も収縮した。

(……狭いな)

菜々子の内部は、バージンの麻由美よりも余裕がなかった。挿入は引っかかりもなくスムーズだったものの、それはどちらも充分に濡れていたからだ。

「だいじょうぶか？」

呼吸が落ち着かない様子なのが気になって問いかけると、彼女は「え、ええ」と、声を詰まらせ気味に返事をした。

「久しぶりなんです。だから……」

もしかしたら、セックスを愉しめたのは大学時代だけだったとか。就職してからは忙しさのあまり、彼氏を作る余裕がなかったのかもしれない。

「わかった。じゃあ、ゆっくり動くからね」

告げると、「すみません……」と小声で答える。べつに謝る必要はないのにと思いつつ、恵介は柔らかな尻肉に両手を添え、そろそろと後退した。

「ン――ああ」

亀頭の段差が内部の柔ヒダを掘り起こすと、菜々子が悩ましげに喘ぐ。逆ハート型のヒップの切れ込みに、濡れ光る肉茎が現れた。

（ああ、いやらしい）

蜜にまみれた分身は生々しさが際立ち、色合いも濃くなって見える。白い桃肌とのコントラストも際立っていた。

くびれまで戻してから、再びペニスを奥へと進ませる。

「ああ――」

艶声が洩れ、臀部が忙しくすぼまる。感じているというより、違和感のほうが強いようだ。

それでも、ゆっくりした出し挿れを繰り返すうちに、重たげな尻が淫らにうねりだす。

「あ、あふ、くうう」

喘ぎも煽情的に色めき、はずんできた。

(そろそろいいみたいだな)

恵介は少しずつ抽送の速度をあげた。

「あん、あ、はああ――あくぅ、ううう」

プレハブの教室内によがり声が響く。母校ということもあって、背徳的な昂ぶりを覚えずにいられなかった。

おまけに、彼女も同じ学校の後輩なのだ。

(村瀬とセックスしてるんだ)

八年前、すでに一度交わっているのに、そのときからさらに遡り、中学時代の彼女を犯している気分になる。

もちろん、充分に発育した肉体は、あのころとまるっきり違っている。しかし、今は上半身に白いブラウスを着ているだけだから、スカートを脱いだ夏服に見えないこともない。背中に透けるブラジャーにも、郷愁とときめきを感じる。

（おとなしい子なのに、こんなにいやらしいおしりをして――）

過去と現在が入り交じって気分が昂揚し、リズミカルに腰を叩きつける。下腹と臀部の衝突がパンパンと小気味よい音を鳴らすのに交じり、
ぢゅ――クチュ……。

と、淫靡な粘つきがこぼれる。股間が湿ってきた感じもあるから、貫かれる女芯は多量の蜜を溢れさせているようだ。

「ああ、すごく気持ちいいよ。村瀬の――」

腰を休みなく振りながら告げれば、菜々子が「いやぁ」と嘆く。ピンクに染まった尻をいやらしくくねらせた。

窮屈だった内部も、いくらかほぐれてきたよう。蹂躙《じゅうりん》されるままだった媚肉がまつわりつき、蠢《うごめ》いて悦びを与えてくれる。

（たまらない……よすぎるよ）

窓が開いて多少は風が入ってくるものの、快さにまみれて動き続ければ、全身が汗ばんでくる。たわわな熟れ尻も、谷間に汗がきらめきだした。

白く濁った淫液がペニスにまといつき、それが出入りする真上では、愛らしいツボミが今にも花開きそうにヒクつく。ついさっき味わったその部分を見つめながら、分身を忙しく出し挿れしていると、唐突にオルガスムスが襲来した。

(あ、マズい)

脳が歓喜に蕩ける。勢いづいたピストンを中断することは不可能で、恵介はたちまち危機的状況に陥った。それでも、中に出す許可を得ていなかったことを思い出し、爆発寸前で肉棒を引き抜く。

「ああん」

菜々子が続きをせがむように尻を振る。ぷりぷりとはずむ艶肉めがけて、白濁のエキスが撃ち出された。

びゅッ、びゅるン——。

なめらかな肌に、ザーメンが淫らな模様を描く。恵介は息を荒ぶらせながらうち震える分身をしごき、最後の一滴まで欲望を絞り出した。

「中に出してもよかったんですよ」

菜々子がポツリと告げる。

彼女から渡されたポケットティッシュで、ヒップをヌメらせる精液を拭っていた恵介は、多少の気まずさを覚えつつ「うん……」とうなずいた。だが、あの場ではそれを確認する余裕がなかったのだ。

開き気味の恥唇は、薄白い愛液をこぼしている。糸を引いて滴ったものが股間でぷらぷらと揺れ、内腿にへばりついた。それも拭き取り、咲きほころんだ花弁の内側も丁寧に清めてあげる。

「あうう」

菜々子が小さく呻き、尻肌をピクンとわななかせた。

後始末を終えて残りのティッシュを返すと、彼女は頰を紅潮させて受け取り、「ありがとうございます」と礼を述べた。その恥じらいがやけに新鮮に思えたのは、あられもなくよがるところを見せられた後だったからだ。

菜々子は身繕いをすることなく恵介の前に跪くと、白い濁りを付着させたペニスを薄紙で拭き清めた。それは満足を遂げて軟らかくなっていたものの、亀頭粘膜をこすられると鋭い快美が生じた。

「ううう」

反射的に呻いてしまうと、後輩が驚いた顔で見あげてくる。

「出したばかりだから敏感なんだよ」

簡潔に説明すると、それで納得したようにうなずく。今度は強くしないようにそっとティッシュを当てたものの、かえってむず痒《がゆ》いような快さに腰をよじることになった。

不思議なもので、勃起したそこを見られるよりも、萎えた今のほうが羞恥が著しい。彼女に自分のすべてを知られたと感じるからだろうか。

だからというわけでもなかったが、海綿体が再び充血してくる。おまけに、粘つきを拭い終えた菜々子が、またも牡器官を口に含んだのだ。

「くはあ」

温かな唾液を溜めた中にひたり、泳がされる。さらに舌も戯《たわむ》れかかり、膝がわななくほどの快感を与えられた。

「も、もういいよ」

諭《さと》しても、彼女は口で清めることをやめない。それは単にペニスを綺麗にするための行為ではなさそうだ。

ぴちゃぴちゃ……。

丹念にしゃぶられる分身が愉悦にまみれ、膨張する。それほど時間をかけずに、再び雄々しくそそり立った。

「ふう」

ようやく口をはずし、菜々子がひと息つく。濡れた瞳が見あげてきた。

（もう一度するつもりなのか？）

今度こそ精液を膣奥で受けとめるつもりなのかと思えば、予想外の申し出があった。

「先輩、射精するところ、見せてください」

これには大いに戸惑ったものの、真摯な眼差しにも訴えかけられ、拒めなくなる。

「あ……うん」

うなずくと、彼女が嬉しそうにはにかむ。そのまま強ばりを握った手を動かし出したが、すぐに中断して考え込む表情を見せた。

「坐ったほうがいいですよね」

立ちあがり、手ではなくペニスを引いて席のほうに導く。恵介を生徒用の椅子に坐らせると、横にもうひとつを移動させ、右隣にぴったりくっついて腰をおろした。

「上手じゃなかったら、ちゃんと言ってくださいね」

念を押してから右手を前に回し、屹立に指を絡めた。位置を確認するように注意深く握ってから、手を上下させる。

「ああ……」

快さが広がり、恵介は腰をよじった。椅子が軋み、膝がカクカクと震える。

フェラチオは稚拙さばかりが際だっていた。手での愛撫も決して巧みではなかったが、快感のみがふくれあがる。

ふたりとも下半身裸で、腿《もも》が触れあっている。寄り添う彼女は汗ばんだためか、甘ったるい匂いが悩ましいほどだ。

そのため劣情が高まり、ここまで感じてしまうのだろうか。

「気持ちいいですか？」

「うん、すごく」

息をはずませながら答えると、菜々子は恥じらいつつも嬉しそうだ。今度はお世辞とは受け取らなかったらしい。

事実、恵介は狂おしいまでの愉悦にまみれていた。

白く濁った先走りが鈴口から溢れ、亀頭の丸みを伝う。それは上下する包皮に巻き込まれ、クチュクチュと泡立った。

「こんなに……」

牡の頭部を生々しくヌメらせるものに、潤んだ眼差しが注がれる。恵介は気恥ずかしさを覚えつつも、筋張った筒肉に絡むしなやかな指に劣情を高められた。

　ふと横を向けば、唇を半開きにして吐息をはずませる美貌が間近にある。ぼんやり眺めていると、気がついたらしく彼女もこちらを見た。

　視線が交わる。しばらく見つめあっていると、菜々子が瞼《まぶた》を閉じた。

　何かを求められたわけではない。けれど、きっとそうなのだという確信があり、恵介は唇を重ねた。

　最初は吐息を行き交わせるだけの、おとなしいくちづけだった。だが、ペニスを愛撫されながらだったため、感情の昂ぶりと共にそれだけでは済まなくなる。いつしか舌を絡ませ、唾液を与えあうようになった。

「ん……」

「むふぅ」

　息をはずませての貪《むさぼ》るようなキスが、ふたりの体温を高める。トロリとした甘い唾液で喉を潤しながら、恵介は八年前も彼女とキスをしただろうかと考えていた。もっとも、セックスの記憶すら断片的なのであり、思い出すことはできなかった。

　硬い芯《しん》の外側を、包皮がリズミカルに上下する。ゴツゴツした部分に感じる指の柔らかさもたまらない。

　そしてまたも、唐突に絶頂が訪れる。

「ン――むううゥッ」

恵介は呻き、鼻息を荒ぶらせた。それで射精するとわかったはずなのに、菜々子は唇をはずさなかった。絡めた舌もほどこうとしない。

しかも、右手を忙しく動かし続ける。

「んんッ、ん、ふううう」

全身が蕩けるような快美に包まれ、恵介は欲望液をほとばしらせた。

後輩の吐息と唾液を味わいながら、太腿に降りかかる温かなものも感じる。その間も歓喜に脈打つ分身はしごかれ続け、最後のひと滴まで深い満足にひたって出し切ることができた。

(気持ちいい……)

頭の芯が朦朧とする。強ばりが力を失い、ようやく唇が離れた。

ふたりぶんの甘酸っぱい汗の匂いに混じって、青くさい精臭が漂う。菜々子はふたりの脚に飛び散った白濁の粘液をぼんやりと眺め、

「……精液が出るところ、見られなかったわ」

それほど残念そうでもなくつぶやいた。

第四章　送り火の中で

1

八月十六日。午後に送り火を焚《た》いたあと、恵介はぶらりと散歩に出かけた。

あちこちの家の前で、同じように送り火が煙をあげていた。ここらでは仏壇に飾った盆花や、キュウリやナスで作った馬を、ひと束の藁《わら》と一緒に燃すのである。

送り火の前で、家族揃って手を合わせている姿をそこかしこに見ながら、恵介の足は自然と中学校のほうに向いた。

背中に射す西日は夏のピークを過ぎ、季節の移り変わりを感じさせる。校門の前で佇《たたず》み、奥の学舎を眺めていると、自然と昨日のことが思い出された。

(村瀬はどういうつもりであんなことをしたんだろう……)

状況に流されるまま関係を持ったものの、今になって菜々子の気持ちを確認しなかったことを思い出す。

恵介が麻由美のバージンを奪ったと知り、八年前の記憶が蘇ったのかもしれない。それで懐かしさを覚え、呼び出したというのなら理解できる。あるいは、本当のことを打ち明けておくべきだと考えたのか。

しかし、再び抱き合う必要はなかった。だったら改めてと恵介が求めたのならともかく、誘ったのは彼女のほうなのだ。

そもそも八年前の理由にしたところで、釈然としないところがある。彼女は変わりたかったと言ったが、本当にそんなことで処女を捨てたのだろうか。

いや、気になるのはそんなことではない。その相手にどうして自分が選ばれたのかがわからないのだ。

『わたしも先輩だから抱かれたんです――』

菜々子の言葉が蘇る。あれは特別な感情があったという意味ではないのか。

だが、恵介は姉である佳菜子のことが好きだった。菜々子もそれを知っていたという。

八年前の身代わりセックスは、ちやほやされていた姉に対する妬《ねた》みからの行為であるともとれる。けれど、昨日の行為に関しては違うだろう。今や菜々子のほうが注目を浴びる立場であり、むしろ佳菜子のほうが妹を妬ましく感じているかに見えたからだ。

(姉さんがどうこうっていうふうじゃなかったものな)

しかしながら、菜々子が自分のことを好きだから誘ったとも考えにくい。彼女の言動は摑《つか》み所がなかったし、恋慕の感情も読み取れなかった。加えて、

（村瀬が、おれなんかを好きになるはずないものな――）

という、卑屈な思いがあるからだ。

何しろ、向こうは世間や業界の注目を浴びる編集者。こちらはまったくの無名である。先輩と呼ばれても、それは中学時代の関係を引きずってのものでしかない。

だいたい、本当に好きならば、もっと早くに連絡をとっていたはずだ。プレハブとは言え母校に忍び込み、セックスまでしたのである。告白する勇気ぐらいあっただろう。

（ひょっとしたら麻由美ちゃんの話を聞いて、対抗意識を燃やしたとか）

姉の次は、成人式を迎えた若い娘と張り合おうとしたとか。だとすれば、ああ見えてかなり負けん気が強いことになる。まあ、そのぐらいでなければ、編集者として成功することもできまい。

結局のところ、自分は菜々子に振り回されているだけなのか。やるせなさを覚えたとき、

「恵介くん」

背後から呼びかけられてドキッとする。ふり返れば、いつの間にか赤い軽自動車が停ま

っており、運転席に知った顔があった。

佳菜子だった。

「あ、村瀬さん」

「どうしたの、こんなところで？」

「いや……散歩してたら、何だか懐《なつ》かしくなって」

「ふうん」

ちょっと怪訝《けげん》そうな面持ちでうなずいた同級生が、ひと懐っこい微笑を浮かべる。

「ねえ、ヒマだったら、ドライブに付き合ってくれない？」

「え？」

「いいでしょ。同級会のときには、あまり話ができなかったし」

あなたが悪いのよと言わんばかりに軽く睨《にら》まれ、ようやく思い出す。恩師の亜希と話したかったばかりに、彼女を無視するみたいになってしまったことを。

「うん……それじゃ」

恵介は助手席に乗り込んだ。すぐに出発するのかと思えば、佳菜子にじっと見つめられてうろたえる。

「な、なに？」

「ううん。何だか、おとといと感じが違うなと思って」

言われて、恵介がドキッとしたのは、亜希や菜々子との関係を悟られたのかと思ったからだ。

「ど、どこが？」

「どこがっていうか、なんとなくだけど」

探るような眼差《まなざ》しに、確信している気配は窺えない。ただ、女性の勘は鋭いとも聞くから、ボロを出さないように気をつけたほうがいい。

「たぶん、あれじゃないのかな。明日には東京に戻るから、それでちょっと感傷的になっているせいだよ」

「え、もう行っちゃうの!?」

驚きを浮かべた佳菜子が、やるせなさげなため息をつく。

「帰省した子たちも、もうほとんど帰っちゃったし、寂しくなるなあ」

つぶやくように言い、車をスタートさせる。開けっ放しの窓から、ぬるい風が吹き込んできた。エアコンは使わない主義らしい。

「どこかに出かけてたの？」

ふたりっきりの気まずさから話題を探すと、運転席の彼女は前方を向いたまま答えた。

「駅まで。菜々子を送っていったの」

「へえ」

恵介は相槌を打ちながら、菜々子が昨日の別れ際に、『明日、東京に戻ります』と話したことを思い出した。

(あまり仲が良くなさそうだったけど、送ってあげたってことは、そういうわけでもないのかな?)

それとも、本心を内側に包み隠して、表面上は平和な関係を保っているのだろうか。いがみ合うと、かえってプライドを傷つけることになるから。

と、佳菜子がチラッとこちらに視線を向ける。

「意外?」

「え?」

「わたしがあの子を送ったことが」

そんなふうに言うこと自体、妹を快く思っていないことの証しである。彼女もそれを自覚しているから、つい口を滑らせたのではないか。

「あ、いや――」

否定しかけて、恵介は思い直した。姉妹の関係がどんなものか、正確なところを知りたくなったのだ。

「意外っていうか、同級会のとき、妹さんの話にあまりいい顔をしてなかったみたいだからさ」

「妹さんって——菜々子は恵介くんと同じ部の後輩じゃない。他人行儀なのね」

深い関係であると知っているかのような口ぶりに狼狽する。しかし、佳菜子はそれ以上追及することなく、自分のことを話した。

「たしかに、菜々子にあまりいい感情は持ってなかったわね。みんなの前で、あの子の話題なんか出してもらいたくなかったし」

車は町外れのほうに向かっていた。景色から人家が少なくなり、代わって夏色の蒼《あお》さが多くなる。

「だけど、べつに嫌いってわけじゃないのよ。ふたりっきりの姉妹だし、頼まれれば駅まで送るぐらいはするわ。だけど、ほら、姉の立場としては、妹の成功を素直に喜べないところもあるの。軽いジェラシーっていうか、まあ、わたし自身が今は何もしていないから、余計にそんなふうに感じるんだけど」

想像したとおりだったから、恵介は無言でうなずいた。

「それは菜々子も気がついてるから、お互いにモヤモヤしちゃってるの」

佳菜子がチラッとこちらを見て、かすかに笑みを浮かべる。けれど、アスファルトの道路は中央の車線が消えて狭くなっていたから、すぐに視線を前に戻した。

「ねえ、駅まで送っていくあいだ、わたしと菜々子がどんな話をしたのか想像できる？」

思わせぶりな口調だったものだから、何か暴露されたのかとどぎまぎする。

「う、ううん」

「いたってフツーよ。東京での生活はどんな感じだとか、こっちの様子とか、誰それが結婚したとか。で、ごくごく平和にお別れしたわ」

ありきたりな答えに、恵介は「あ、そうなんだ」と拍子抜けした相槌を打った。

「そんなものよ。それに、あの子もけっこう忙しいみたいで、姉としては心配しないわけにもいかないじゃない。ちゃんと食べてるのかとか、生活が不規則になってないかとか。これでもけっこう妹思いなのよ」

悪戯《いたずら》っぽく目を細めた佳菜子が、ふと真顔になる。

「でも、可哀想なところもあるのよね、菜々子……」

「え？」

「ほら、恵介くんもわかると思うけど、もともとすごくおとなしい子だったじゃない。べつに悪いことじゃないんだけど、わたしはそれとはまるっきり逆の性格だったから、あの子はそれでコンプレックスがあったみたい。母さんがわたしと比べて、もっとはきはきしなさいって叱《しか》ったこともあったし」

「へえ」

「だから何クソって頑張って、あれだけの結果を出したのかもしれないわ。だとすれば、わたしのおかげってことになるのかしら」

冗談めかして言ってから、佳菜子はやるせなさげにため息をついた。

「反対に、わたしのほうはサエないことばかりだけどね。すっかり家のお荷物みたいにな
っちゃってるし、今じゃ母さんに愚痴《ぐち》られてばかり」

自虐《じぎゃく》的に述べ、ハンドルを握ったまま肩をすくめる。

「どこで間違っちゃったのかなあ……」

かけるべき言葉が見つからず、と言うより、何を言っても傷つける気がして、恵介は口をつぐんでいた。あとはふたりとも無言のまま、エンジン音だけが車内に低く響いた。

車が脇道に入り、緩《ゆる》やかな坂をあがる。路面がアスファルトからコンクリート舗装になり、車体が震えるように揺れた。

それから十分ほどで到着したところは、山の斜面を拓いた高台の公園だった。芝生が青々としたところには駐車場と、端には展望台代わりの東屋《あずまや》がある。ただ、ひとの姿はど

こにもなかった。

恵介がここに来るのは、小学校の遠足以来のことだ。

(懐かしいな……)

二十年も経ったとは思えないほど、景色は古びていなかった。

芝生は昔よりもきちんと手入れされ、天気がいいから寝転がって空を仰ぎたい気分になる。東屋も新しく建て替えられたようだ。園内や周囲の木々は年月を経ただけ成長したはずであるが、自分もそのぶん大きくなったから、あまり変化を感じない。

佳菜子は公園を横切り、真っ直ぐ東屋に向かった。恵介もそのあとに続く。

彼女が着ているのは、ノースリーブのワンピースだ。夏らしい水色で、よく見ると細かい格子縞になっている。丈が短めで、裾からひかがみが覗いていた。

同級会のときはストッキングを穿いていたからか、ナマ脚がやけになまめかしく感じられる。脹《ふく》ら脛《はぎ》の女らしいラインにも目を奪われ、恵介は危うく躓《つまず》きそうになった。

東屋からは、町の中心部が一望できた。

県道に沿って家々や商店が並ぶ。コンクリートの大きな建物は、学校や役場だ。周囲には田んぼも広がっており、動くものがほとんど見えないから、ジオラマ模型か箱庭のように感じられた。

「んー」

佳菜子が両腕をあげて伸びをする。腋窩《えきか》の窪みがあらわになり、そこに細かな汗のきらめきと、鉛筆で突いたみたいな剃り痕を発見し、恵介はドキッとした。甘酸っぱい汗の香りも嗅いだ気がして、落ち着かなくなる。

しかし、彼女のほうはまったく気がつかないらしい。眼下の景色を眺めたまま告げた。

「わたし、ときどきここにひとりで来て、町を眺めてるの」

「へえ」

「そんなセンチメンタルなこと、似合わないって思ってる?」

からかうような微笑を向けられ、恵介は焦《あせ》り気味にかぶりを振った。

「いや、そんなことないよ」

「べつにいいのよ。自分でもそう思ってるぐらいだもん。いい歳《とし》をして、何を乙女《おとめ》チックになってるのかしらって。だから、みんなには内緒にしてるの。恵介くんだけよ。わたしの秘密を教えたのは」

照れくさそうに白い歯をこぼした同級生に、胸がときめく。この笑顔に惹《ひ》かれたから、彼女が好きになったのだ。

「ここって、やっぱり田舎《いなか》よね。恵介くんは東京にいるから、余計にそう感じるんじゃない？」

「う……ん。まあね」

「ずっと住んでるわたしですら、そう思うもの。景色だけじゃなくて、ひと付き合いから何から。正直なところ、飽き飽きしてるんだ」

「ふうん」

「だけど、不思議とこの景色だけは嫌いにならないのよ」

優しい眼差しで生まれ育った町を見つめる佳菜子に、恵介はずっと疑問に思っていたことを訊《たず》ねた。

「村瀬さんは、ここを出ようって考えたことないの？」

「出るって、東京に？」

「いや、べつにどこでもいいけど」

「そりゃ、考えなくはなかったわ。でも、いろいろと事情があってね。大学ぐらいは行ってもよかったんだけど、どうせここに戻ることになるんだから、だったら早く身を固めたほうがいいかなって」

事情というのは、長女として家を継がねばならないということなのだろう。特に商売などやっていなくとも、親の面倒を見るためという名目で、田舎にはありがちな話だ。

（じゃあ、けっこう幼い頃から、そのつもりでいたのかな）

故郷から出られないと知りながら、優等生として過ごしていたのだろうか。自分だったら自暴自棄になっていたに違いないと、恵介は思った。

（でも、やりたいこともできずに東京で腐っていくだけだったら、ここに戻ったほうがいいのかもしれないな……）

そのときには、隣に佳菜子がいてくれたらと、叶うはずもないことを夢想する。

「ねえ、ちょっと坐《すわ》らない」

「うん」

ふたりは東屋のベンチに並んで腰をおろした。

恵介は遠慮がちにあいだを空けたのだが、佳菜子のほうが身を寄せてくる。こちらも半袖だから二の腕が触れあったものの、少しも気にならないふうだ。

たった今、彼女と一緒になれたらなんて考えてしまったものだから、無性に落ち着かなくなる。さっきも嗅いだなまめかしい女くささが強まり、戸外でも周囲には誰もいないから、ふたりっきりだと意識せずにいられなかった。

「ねえ、女は気まぐれだからって、猫に喩《たと》えられることがあるじゃない。あれって逆だと思わない？」

流れがまったく見えない話題に、恵介は面喰らった。だが、佳菜子はおかまいなしに話を続ける。

「女は、このひとって思ったらずっと愛し続けるし、愛情が強まるものなのよ。けれど、男は手に入れたらそれで充分みたいに、あとは愛情が冷めて浮気するし、どこかへ行っちゃうんだもの。男のほうがよっぽど猫に近いと思うわ」

なるほどと納得しつつ、やけに実感のこもった主張だったから、もしやと思う。

「ひょっとして、別れた旦那さんも浮気してたの？」

口にしてから、質問がストレートすぎたことに気がついて顔をしかめる。だが、彼女はあっけらかんとしたものだった。

「ま、そういうこと。余所《よそ》さまのところで餌をもらったら、そのままそっちに居着いちゃった。まんま猫よね」

冗談めかした口調ながら、目はどこか寂しげであった。

「高校のときからの付き合いで、お互いのことをちゃんとわかりあったつもりだったんだけど、わたしの独り善《よ》がりだったみたい。あと、すぐ家庭に入っちゃったのも、よくなかったのかもね」

「え、どうして？」

「新婚の甘い雰囲気が全然なかったもの。ウチには両親と、おばあちゃんもいるじゃない。ふたりっきりの時間がなかなか持てなくて、それもよくなかったみたい。家族そろってご飯を食べたあとだと、夜の生活もなかなかロマンチックにはならなかったし、音も声も控えめにしなくちゃいけないから、どうしても慌《あわ》ただしく済ませることになっちゃうの」

生々しい話題に、心臓が鼓動を速める。柔らかな二の腕がずっと密着しており、彼女が生身の女であることを強く意識させられた所為《せい》もあるだろう。

「おまけに、みんなから子供は早いほうがいいって急かされるし。そのせいで彼のほうも、種付けに雇われたみたいな気持ちになったんじゃないかしら。そうなると、ますますわたしを抱きたいなんて思わないわよね」

いや、そんなことはないと、恵介は心の中で思った。こんなに魅力的な女性と結婚したのなら、いくら家族と同居していても毎晩求めるはずだ。

しかし、自分は彼女のことがずっと好きだったから、そう思うのかもしれない。同じ状況に置かれたら、夫婦生活がおろそかにならないとは断言できまい。

それにしても、亜希の夫もそうだったが、男とは浮気をせずにいられないのだろうか。義憤にかられつつも、恵介とて故郷に戻ってから、立て続けに三人の女性と関係を持ったのだ。他の男を非難できる立場ではない。

「実はね、わたしたち結婚するまで、一度もしなかったの」

「え、何を？」

「セックス」

そのものズバリを口にされ、恵介は固まった。

「彼はずっと求めてたんだけど、わたしが拒《こば》んだの。もちろん大好きだったし、早いうちから結婚しようって決めてたんだけど、そうしたらますますできなくなったのよ。なんか、一度しちゃったらそれでバイバイされるんじゃないかって。彼のことは信頼してたのに、どうしても踏み出せなかったわ。まあ、わたしが真面目すぎたっていうか、融通が利かなかったせいなんだろうけど」

この告白に、恵介は胸を撫で下ろした。

もしかしたら佳菜子は、高校生ですでに処女ではなかったかもしれない。そう想像したことがあったから、いかにも優等生らしい判断に安堵したのである。

「ただ、キスは普通にしてたし、アレを手で出してあげたこともあったわ。ここでもしたのよ。こんなふうに並んで坐って、わたしが彼のをいじってあげたの」

あるいは学校帰りに立ち寄ったのだろうか。制服姿の彼女が男のモノを握っている場面を想像し、恵介は嫉妬で胃の奥が絞られるのを感じた。

「だから、新婚旅行のときなんてすごかったのよ。何をしに行ったのかっていうぐらいに求められたわ。ただ、帰ったあとは思うようにできなくなって、それでがっかりさせちゃったところはあるかもね。休日に遠出してラブホテルに寄ったこともあったけど、そう頻繁にってわけにはいかないし」

どうやら性生活の不満が、夫を浮気に向かわせたらしい。

(だけど、離婚する前にどうにかできたんじゃないのかなあ)

何か解決策があったのではないかと思ってしまうのは、自分が当事者ではないからだ。佳菜子のやるせなさげな表情から、どうしようもなかったのだと恵介は理解した。

「ごめんね。変な話ばかりして」

「あ、いや……」

「なんか、最近あれこれ悩むことが多くなっちゃって。将来のこととか。まあ、この歳になって将来もないんだけど」

「そんなことないよ。おれだって同じようなものだし」

「ホントに？　そう言ってもらえると心強いな。ほら、来年は三十歳じゃない。やっぱり色々考えちゃうわよね」

「みんなそうなんだよ、きっと。同級会があったのも、三十歳を前にして思うところがあったからじゃないのかな。で、同い年で集まって、自分だけじゃないんだってことを確認したかったんだよ」

「ああ、そうかもね」

佳菜子が白い歯をこぼす。すべて吹っ切れたような屈託のない笑顔に、恵介は思春期の頃のようなときめきを感じた。

「恵介くんと話せてよかったわ。何だかすごく楽になったもの」

「いや、おれのほうこそ」

「本当は、同級会のときももっとたくさん話したかったのよ。なのに、恵介くんってば先生のほうばかり見てて、わたしなんててんで眼中にないみたいだったわ」

拗《す》ねた眼差しに、やはり気分を害していたのかと恵介は焦った。

「あれは──ほら、亜希先生は部活の顧問だったし、進路でもいろいろと相談にのってもらったからさ」

「ふふ、冗談よ。わかってるわ、そのぐらい」

からかう目つきで言われ、安心する。

中学高校のときには、彼女と普通に言葉を交わすことすらできなかったのである。それがこんなふうに打ち解けあい、かなり際どいやりとりまでできるようになったなんて、何だか不思議だった。

(それだけ大人になったってことなのかな)

時間がすべてを解決するというのは、案外真実かもしれない。そして、今なら胸に秘めてきたことも、迷いなく告げられるのではないかと思ったとき、自然とその言葉が唇からこぼれていた。

「おれ、村瀬さんのことが、ずっと好きだったんだ」

2

唐突な告白に、佳菜子の表情からたちまち笑みが消える。調子に乗りすぎたかと、恵介は後悔した。

「ご、ごめん。あの――」

言い訳を絞り出そうとすると、彼女が小さくかぶりを振る。

「うん……もしかしたらって思ってた。何となくだけど」

予想もしなかった反応に、言葉を失う。だが、妹の菜々子も知っていたのだ。それだけ物欲しげな視線を向けていたのであり、本人が気づいても不思議ではない。

だからこそ、余計に恥ずかしい。自制心のなかった少年時代の自分を、蹴《け》っ飛ばしたくなった。

(みっともないな、おれ……)

居たたまれなさが募る。頬がどうしようもなく熱くなり、恵介はこの場から逃げ出したくてしょうがなかった。ただ、それはいい歳をしてもっと情けない。

そのとき、佳菜子の手が腿《もも》の上にそっと置かれる。温みが伝わってくるなり、不思議なことに羞恥《しゅうち》が薄らいだ。

「わたしも恵介くんのこと、いいなって思ってたんだよ。真面目で誠実そうだったし、相手の気持ちをちゃんと考えてくれるひとなんだろうって感じてたの。今だって、わたしの話を最後まで聞いてくれたし、やっぱり想像してたとおりのひとだったわ」

優しい言葉は、慰めで述べられているわけではなさそうだ。そうすると、もしも告白していたら、彼女と恋人同士になれたのだろうか。

「ただ、恵介くんは、この町を出るひとだったから……」

「え？」

「わたしは家に——この町に残らなきゃいけないじゃない。そのときだけのお付き合いなんてしたくなかったから、わたしはずっといっしょにいられるひとを求めてたの。束縛《そくばく》しなくてもいいひとを。だけど、恵介くんはそうじゃなかったわ。いつか遠くに行くんだから、いっしょにいられないって諦めたの」

亜希のアドバイスで編集者になろうと決めてからは、だったら上京しなければならないと考えていた。しかし、それを公言したことはなかったはず。

やはりただ慰めるつもりで、嬉しがらせることを口にしただけではないのか。その疑念を察したのか、佳菜子が顔を近づけてきた。

「本当よ。恵介くんはいつも本を読んでたけど、文字の向こうにある遠い世界を見てるんだってわかったもの。それを止めちゃいけないって、わたしは思ったの」

澄んだ瞳には偽りの影が少しも見えず、信じてもいいのだとわかった。いや、信じるべきなんだと、恵介は自らに言い聞かせた。

「でも……村瀬さんと付き合えたのなら、おれはこの町に残ったと思うよ」

「本当に？　ありがとう。すごくうれしいわ」

腿に置かれた手がわずかに動く。それだけで、恵介は官能的な快さに包まれた。

「……あと、実はもうひとつあったの。恵介くんの気持ちに応えられなかった理由が」

「え、なに？」

「菜々子が恵介くんのことを好きだったから。妹の好きなひとを奪うなんて、わたしにはできなかったわ」

もしかしたらと思っていたことを彼女の姉から告げられ、またうろたえる。

「村せ――彼女がそう言ったの⁉」

「ううん。だけど、そのぐらいわかるわ。姉妹だもの」

佳菜子がクスッと笑い、かぐわしい吐息が吹きかかる。ここまで近づいたら、あとはキスでもしないと離れることが気まずいのではないか。

「あの子、わたしたちの高校の文化祭に来てたの、知ってた？」

「いや……」

「あと、体育祭も平日にやってたのに、学校をサボって見に来てたことがあったのよ。あとで母さんにバレて叱られたとき、わたしの応援がしたかったなんて言い訳してたけど、けっこう度胸があるんだなってびっくりしたわ」

それだけ物陰から窺《うかが》っていたのであれば、想い人が誰を見ていたのかもすぐにわかったはず。佳菜子への恋慕が菜々子にバレたのも当然だと納得しつつ、恵介にはまだ腑に落ちないことがあった。

「だけど、彼女はおれたちと同じ高校に入らなかったよね？」

「ああ、そうね。わたしもてっきり、菜々子はウチの高校に来るとばかり思ってたわ。たぶん、またわたしと比較されるのが嫌だったか、恵介くんのことをあきらめようとしたかじゃないかしら。いい大学に進学したいからって、ランクが上のところを受験したのよ。遠くて通えないから、三年間下宿してたわ」

目先の恋愛よりも、将来の夢を選んだということなのか。実際、菜々子は夢を手にし、中途半端だった自分は、今でも前に進むことができずに停滞している。

（村瀬——菜々子ちゃんがおれのことを好きだったとしても、もう過去のことなんだろうな……）

昨日のセックスは、故郷で再会した記念というか、ただのおまけだったのではないか。

「菜々子のことを考えてるの？」

出し抜けの問いかけに、恵介はドキッとした。

「あ、いや……中学時代のことを思い出してたんだ」

その嘘を悟ったかのように、佳菜子が「ふうん」と目を細める。姉妹ふたりに何もかも見透かされてきた恵介は、背すじに汗が伝うのを感じた。

「あの子ね、昔っからわたしのもの、何でも欲しがったのよ。オモチャでもＣＤでも。で、わたしは『お姉ちゃんでしょ』って諭《さと》されて、いつも譲ってたの」

だから好きな男も譲ろうとしたのかとぼんやり考えたとき、佳菜子が真顔になる。

「ね……だけど、さっき言ったことってホント？」

「え？」

「わたしといっしょになれたら、この町に残ったって話」

「うん……本当だよ」

「じゃあ、今もその気持ちがあるの？」

真っ直ぐに見つめられ、恵介は返答に詰まった。それで初めて、自分がやりたいことを諦めていないことを思い知る。まだ編集者として頑張りたいという気持ちが、うなずかせてはくれなかった。

「――いや、あの」

「ううん、いいの。答えないで」

彼女も恵介の気持ちを察したのだろう。小さくかぶりを振ると、唇を寄せてきた。やわらかなものに、戸惑う口が塞《ふさ》がれる。

（――村瀬さんとキスしてる！）

それを実感したのは、くちづけて十秒も過ぎてからだった。

ぴったり密着する唇は、わずかな隙間から温かな吐息がこぼれているのがわかる。かぐわしさが口内から肺を満たし、全身が震えるような歓喜に包まれた。

気がつけば、ペニスがはち切れそうに勃起していた。

恵介は馬鹿みたいに身を強ばらせ、呼吸すら満足にできずにいた。どうして佳菜子がキスをしたのか、さっぱりわからない。けれど、この状況を受け入れることにためらいは感じなかった。

腿の上で、彼女の手がそろそろと動く。それは付け根側に移動し、間もなく股間の高まりを捉《とら》えた。

「むう」

ほんの軽いタッチなのに、快さで膝がカクカクと震えた。いよいよ息苦しさが限界を迎えたところで、佳菜子が唇をはずす。

「……恵介くんの、大きくなってる」

わかりきったことを口にされるのは、やけに恥ずかしい。耳たぶまで熱くなる。

「ね、脱いで」

「え？」

「ここ、すごく苦しそうだもの。わたしがスッキリさせてあげるから」

かつて恋人のモノをそうしたように、しごいて射精に導くということなのか。その場面を想像して嫉妬に苛《さいな》まれたばかりだったから、反射的にズボンの前を開く。気がつけば、ブリーフごと膝まで脱ぎおろしていた。

「それじゃ駄目よ。全部脱いじゃって」

「え、全部?」

素っ裸になれということなのかと思えば、そうではなかった。

「これだとアレが飛んだとき、ズボンにかかっちゃうわ」

精液で汚さないよう、下半身の衣類を脚から抜いてしまえということらしい。そんなアドバイスができるのも、経験者ゆえだろう。

だが、それだと誰か来たときに対処できない。躊躇《ちゅうちょ》したものの、

「だいじょうぶよ。誰も来ないから」

佳菜子にきっぱりと告げられる。ならばと下をすべて脱ぎ、脇に置いた。

「脚を開いて、おしりをもう少し前に出して」

言われるままに、ベンチでふんぞり返るような姿勢になると、そそり立つものにしなやかな指が巻きついた。

「ああ……」

体幹がゾクゾクする快さが広がる。ずっと好きだった女の子にペニスを握られているの

だと思うだけで、その部分にさらなる力が漲《みなぎ》った。

「すごく硬いわ」

やるせなさげなつぶやきのあと、確認するように握りを強めたり弱めたりする。それにより悦びが火花のごとくはじけ、恵介は腰をくねらせた。

「む、村瀬さん」

「もう、こういうときぐらい名前で呼んでよ」

亜希からも似たようなことを言われたのを思い出す。そういう行為に及んでいるのであり、心から親密になりたいのだろう。

たとえ、今だけであっても。

「佳菜子——」

「ね、よくなったら、遠慮しないで出していいからね」

手が上下に動く。硬く強ばりきった芯《しん》に、指の柔らかさが包皮を介して伝わった。

「ううう」

泣きたくなるような快感に息がはずむ。少しもじっとしていられず、恵介は脚を曲げたり伸ばしたりした。

やはり姉妹だからか、手の感触が菜々子と似ている気がする。けれど、愛撫の巧みさは段違いだ。

佳菜子の手は握り加減も絶妙で、敏感なくびれ部分を指の輪で適度に刺激する。高校生のときから恋人の欲望を鎮めてきたのは本当らしい。それに、短い期間とはいえ人妻だったのだ。結婚したあとも、夜の生活がままならないときなど、こうして夫のものをしごいたのではないか。

胸に嫉妬が燻《くすぶ》るのと同時に、愉悦もぐんぐん高まる。息づかいを荒ぶらせる恵介を、佳菜子がじっと見つめてきた。

「気持ちいい？」

「うん……すごく」

「みたいね。ほら、こんなに透明なのが出てる」

鈴割れから滾々《こんこん》と溢《あふ》れるカウパー腺液が指で掬め取られ、亀頭に塗り広げられる。むず痒《がゆ》さの強い快感がふくれあがり、無意識に腰を回してしまう。

「うああ、すごく気持ちいい」

「ふふ、感じてる恵介くん、とっても可愛いわ」

同い年なのに、彼女は姉のような口ぶりだ。けれど、それが妙に心地よい。

「もうイッちゃいそうなの？　こっちも固くなってるわ」

　もう一方の手が、持ち上がった陰嚢を包み込む。すりすりと撫でられ、腰椎が破壊されそうな悦びが生じた。

（たまらない――）

　爆発の兆候が全身に広がり、頭の芯が蕩《とろ》けてくる。

　だが、一方的に愛撫されることに居たたまれなさも感じて、恵介は佳菜子の太腿に手を這わせた。スカートをずらし、むっちりした柔肉を直に撫でても、彼女は拒まない。歓迎するように膝を離してくれる。

　それをいいことに、しっとり汗ばんだ内腿をさすり、さらに奥へと進む。薄物がカバーする女芯は、蒸れたみたいに熱く湿っていた。

（濡れてるのか!?）

　内部の縦ミゾに沿って指先を這わせると、太腿が焦って閉じられる。

「あん」

　甘えを帯びた艶声を耳にするなり、恵介は限界を迎えた。

「あ、あ、いく――出るよ」

　口早に告げると、手の動きが速まる。フクロ部分も慈《いつく》しむように揉まれ、めくるめく快感に意識が飛ぶ。

「ああ、ああ、あ――」

無意識に声をあげながら、恵介は白濁のエキスを勢いよく射出した。

脈打つ筒先から放精がきらめくあいだ、佳菜子は手淫を続けてくれた。おかげで、魂まで抜かれそうな深い悦びに包まれる。

(すごい……)

全身が快い気怠《けだる》さにまみれ、手足を動かすことも億劫《おっくう》だ。しなやかな指が根元から先端へと強くしごき、最後の雫《しずく》を搾《しぼ》りとられてようやくひと心地がつく。

「はあ、ハァ――」

ともすれば焦点を失いそうになる目を見開けば、地面に落ちた精液が見えた。のたくるトロミは卑屈な心根そのもののよう。それをすべて吐き出したことで、身も心も洗われた気がする。

それでいて、分身は未だそそり立ったままであった。

「いっぱい出したのに……」

佳菜子がやるせなさげにつぶやいた。硬さを失わない牡根を緩やかにしごきながら、腰をもぞつかせる。恵介の手は、未だ彼女の太腿に挟まれたままだ。

「ね、ウチに来ない?」

囁《ささや》き声の誘いが温かな吐息にのり、耳たぶにふわっとかかる。

「両親も今日から旅行に出かけて、誰もいないの」

恵介は深く考えることなくうなずいていた。

3

村瀬家に着くと、奥の客間へ通された。

（あ、ここは――）

恵介はすぐに思い出した。成人式の晩に泊めてもらった部屋であることを。そこは菜々子と初体験をした場所でもある。

「ちょっと待ってて。お蒲団敷くから」

佳菜子が押し入れを開け、取り出した敷蒲団を部屋の真ん中にいそいそと広げる。これからすることをストレートに示す行動に、牡《おす》の劣情がたちまち滾《たぎ》り出した。

誰もいないからと家に招かれたのである。彼女と抱き合うことになるのだと、恵介も期待していた。

だが、何のインターバルもなくいきなり始めるとは思わなかった。それだけ佳菜子もたまらなくなっているに違いない。

(やっぱりあれは、昂奮して濡れていたのか)

熱く蒸れた下着の中心を思い出すだけで、恵介のからだも熱くなる。さっきから強ばりを解かないままの分身も、次の快楽をせがむように脈打った。

帰省してからというもの、麻由美、亜希、菜々子と、続けざまに関係を持った。セックスは充分すぎるほど満たされているはず。なのに、ペニスは飢えた童貞少年さながらに欲望をあらわにしていた。

おそらくそれは、目の前にいるのが童貞時代に恋い焦がれた異性であるからだ。

シーツを整え、枕もふたつ並べた佳菜子が、敷いたものと押し入れの中を交互に見て考え込む。おそらく、上に掛けるものを用意すべきか迷ったのだろう。そして、思い出したように顔をあげ、

「あ、恵介くん、シャワー浴び――」

皆まで言わせず、恵介は熟《う》れたボディを抱きすくめた。

「やん」

咄嗟に抗《あらが》った佳菜子であったが、唇を奪われるなりおとなしくなった。舌を差し込むと素直に受け入れ、優しく吸ってくれる。

意外と落ち着いた様子の彼女とは裏腹に、恵介は昂奮しまくっていた。舌を追いかけて絡ませ、温かな唾液をすすり取る。かぐわしく甘いそれで喉を潤《うるお》すと、ますますからだが熱くなった。

「んー、ふー」

荒ぶる牡の鼻息に、佳菜子は困惑しているふうだった。眉間《みけん》にシワを刻んだものの、それでも貪《むさぼ》るようなくちづけに懸命に応えようとする。

だが、恵介が柔らかなヒップを抱き寄せ、下腹に強ばりを押しつけると、さすがに焦りを覚えたようだ。

「んんん——ふはッ、ちょ、ちょっと恵介くん」

唇をほどき、身を剝《は》がそうとする。

「ね、シャワー浴びましょ。汗をかいてるから——え、あ、ヤダ」

恵介は彼女を蒲団に押し倒した。そうして再び唇を重ねると、女体が諦めたように無抵抗になる。

「んぅ……」

仕方ないわねと言いたげな呻きをこぼし、佳菜子は背中に腕を回してくれた。それにより、一体感と情愛が高まる。

ぴちゃ……。

戯《たわむ》れあう舌が音をたてる。ふたりの口許は唾液で濡れ、淫靡《いんび》な匂いを漂《ただよ》わせた。

ずっと欲しくてたまらなかったものを腕に抱き、恵介は舞いあがっていた。ワンピース越しに柔肌をまさぐり、裾から手を入れて下着に包まれたおしりを揉み撫でる。妹以上にボリュームがあると感じられる臀部が、いっそうの昂ぶりをもたらした。

背中のファスナーをおろし、ついでにブラのホックもはずす。くちづけたまま脱がすのはさすがに難しく、未練たっぷりに唇をはずすと、佳菜子が潤んだ瞳で見つめてきた。

「……恵介くんがこんなに情熱的だなんて、知らなかったわ」

濡れた唇が優しくなじる。そこは吸われすぎたためか、いくらか腫《は》れぼったくなっているようだ。

亜希にも似たようなことを言われたのを思い出し、恵介は頬が熱くなるのを覚えた。けれどこれは、積年の想いがあってこそなのだ。

「だって、おれ、佳菜子が本当に好きだったんだ」

情感を込めて告げると、彼女は瞼《まぶた》を閉じた。

「ん……ごめんね」

それは、知っていながら知らないフリをした過去についての謝罪なのか。それとも、今も受け入れられないという意味なのか。わからなかったものの、知ることも怖い。

恵介は無言でワンピースを脱がせた。

ブラジャーも取り去れば、あとは飾り気のない白いパンティのみ。だが、女らしく熟れた裸身が眩《まぶ》しくて、すべてを目の当《ま》たりにすることが畏《おそ》れ多かった。

それに、ずっと秘めてきた望みがようやく叶うのである。時間はあるのだし、性急に事を進めるのはもったいない。

観念したように横たわるセミヌードを見つめながら、恵介は先に全裸になった。しっとりした柔肌に身を重ねると、佳菜子が縋《すが》るように抱きついてくる。

「ね、わたし、汗くさくない？」

耳元で囁かれ、恵介は「ううん」と否定した。実際、甘ったるいかぐわしさに包まれ、うっとりしていたのである。むしろ自分のほうが匂うのではないかと心配だった。

しかし、ひとりだけシャワーを浴びるなんて身勝手は通用しまい。彼女のありのままを堪能するために、このまま行為を進めることにした。

ふっくらして柔らかな乳房を揉むと、佳菜子が「あん」と甘い声を洩らす。シルクの肌は手に吸いつくようで、指がやすやすと喰い込んだ。

（ああ、佳菜子のおっぱいだ）

掌に当たる突起が、クリクリとしこってくる。それを摘《つま》み、転がしてあげると、吐息がなまめかしくはずみだした。

「はうう、あ――いやあ」

頰を赤く染めての恥じらいからは、戸外で男のモノをしごいた大胆さが少しも窺《うかが》えない。それでも悦びは隠せないのか、両脚をやるせなさげにすり合わせる。

(感じてるんだ……)

もっと快感を与えたくなる。ほんのり乳くさい甘ったるさにも惹かれ、恵介は硬くなった乳首に吸いついた。

チュッ――。

軽く吸っただけで背中が浮きあがる。口をつけていないほうのふくらみが、たふんとはずむように揺れた。

「はあぁ」

喘ぎ声も艶《つや》めきを増す。無意識にだろう、閉じていた腿が離れ、恵介はそこに膝を割り込ませた。

母乳が出ているわけでもないのに、乳頭にはほのかにミルクの味わいがあった。吸うというよりは舌を絡めるようにねぶると、佳菜子が切なげに身をよじる。膝を股間に押しつければ、湿った熱さが感じられた。

「あ、あ……んんぅ」

女芯をぐいぐい圧迫すると、煽情的な呻きがこぼれる。歓喜に火照《ほて》った女体が、濃密な牝臭をくゆらせだした。

「ねえ、も、もう──」

切なげなおねだりが聞こえる。彼女は自らここに誘ったのであり、すでに我慢できなくなっているのだろう。

恵介はからだをずらしながら佳菜子の鳩尾《みぞおち》や腹部にキスをし、下半身へと移動した。三十路前の、脂ののった艶腰に喰い込む清楚な下着に両手を掛けたとき、それに気がつく。布が二重になったクロッチに浮かんだ、楕円形の濡れジミに。

欲情をあからさまにした光景に、頭がクラクラするのを覚える。おそらくその部分には愛液のみならず、彼女のいやらしい匂いがたっぷりと染み込んでいるに違いない。

そう考えたらますます我慢できなくなる。気がつけば、恵介はむっちりした太腿を大きく広げさせると、あらわになった中心に顔を埋めていた。

「むふぅ」

反射的に鼻息が吹きこぼれる。熟成しすぎたヨーグルトみたいな、悩ましさの強い薫味が鼻腔になだれ込んだのだ。

「え——!?」

何をされたのか、佳菜子は咄嗟に理解できなかったらしい。だが、クロッチに熱い息を感じ、恥ずかしいところを嗅がれていると悟ったようだ。

「キャッ！　だ、ダメっ」

内腿で恵介の頭をギュッと挟み込み、腰をよじって逃れようとする。けれどそれは、不《ふ》埒《らち》な牡を柔らかな圧迫感でうっとりさせただけであった。

恵介は鼻面を陰部にめり込ませ、ぐにぐにと抉《えぐ》るように動かした。

「はううう」

佳菜子がのけ反り、下半身をわななかせる。刺激された女芯がすぼまり、温かなものがジワッと溢れるのがわかった。

「ダメよ、そこは……あああ、匂うからぁ」

その部分が強烈な女くささを放っていると、本人も自覚しているのだろう。だからシャワーを浴びたがったのだ。

恵介はありのままの恥臭を求めたからこそ、それを許さなかった。そして今も、彼女の羞恥心を理解しつつ、貪欲に嗅ぎ続ける。

（ああ、素敵だ――）

少年時代には手の届かなかった愛《いと》しい少女が、ようやく身近になった気がした。あのころはすれ違うたびにシャンプーの甘い香りを嗅いだが、思春期の乳くささに悩ましさを感じたこともある。ひょっとしたら、バージンの秘部はすでにこんな匂いをさせていたのだろうか。

「イヤイヤ、もぉ、恵介くんのバカぁ」

なじられてもかまわず、湿った部分を鼻頭でこする。わずかに感じる磯くささはオシッコの名残か。チーズに似た成分もあり、乾いた愛液なり恥垢なりが、クロッチの裏にこびりついているのではないか。

そうやって嗅ぎ取ったものをいちいち報告したら、佳菜子は恥ずかしさのあまり泣き出すかもしれない。もちろん、そこまで辱めを与えるつもりはなかった。

代わりに、彼女が観念したようにぐったりと力を抜いたのを見計らい、股布に指を引っかけると、横に大きくめくった。

むわ――。

あらわになった女芯から、牡を惑わせる媚臭が湯気のごとくたち昇る。蒸れていたところが外気に触れ、当然、佳菜子も何をされたか気づいたはず。なのに、少しも抵抗や恥じらいを示さなかったのは、与えられた羞恥が大きすぎて、今さら見られるぐらいどうということはないと感じたからではないか。

おかげで、恵介は彼女の秘部をじっくりと観察することができた。

縮《ちぢ》れ毛が取り囲む赤みを帯びた肉割れからは、濃く色づいた花弁がはみ出す。葉っぱのかたちに開いたそれは、狭間にピンク色の粘膜が淫らに濡れ光っていた。

（ああ、いやらしい）

生々しい眺めに心が揺さぶられる。めくったクロッチの内側はわずかに黄ばみ、予想したとおり白いカス状のものがこびりついていた。

美貌の元人妻が下着を汚しているのは意外であり、それゆえ無性にゾクゾクさせられる。鼻を寄せれば、恥唇の密着していた裏地は、チーズ臭がより強い。鼠蹊《そけい》部にこすれる裾の細かいフリル部分には、アポクリン腺由来のケモノっぽい匂いが染みついていた。

ただ、女陰本体は下着ほどには匂わない。磯くささとすっぱみが主で、発情の証しよりは生活臭のほうが際立つ。

もっとも、どんなものであれ、牡の劣情を煽るかぐわしさであることに変わりはない。

当然、味も知りたくなる。

恵介はためらうことなく、恥蜜を滲ませるもうひとつの唇にくちづけた。

「くうう」

内側に溜まった愛液をすすられるなり、佳菜子は陰部をすぼませて呻いた。次はクンニリングスだと悟っていたか、抵抗はしない。それでも、まったく羞恥を感じずにはいられないらしく、喘ぎ声はすすり泣きに近いものであった。

「あ、あふ、ふううう」

腰をくねらせ、爪先《つまさき》でシーツを引っ掻く。包皮に隠れた敏感な尖《とが》りを探り当てられると、内腿をビクビクと痙攣《けいれん》させた。

「あ、そこ——あああ、あ、いやぁ」

ヒップが浮きあがり、すとんと落ちる。秘核を吸いねぶられるうちに、その繰り返しも間隔が短くなった。

ここまでになったら、クンニリングスを拒むことなどできまい。だが、一方的に責められるのも耐えられなかったのだろう。

「ね、わたしにも……恵介くんのちょうだい」

嗚咽《おえつ》をこぼしながら、相互愛撫をせがんできた。

佳菜子が手ではなく口で奉仕するつもりだと、恵介は察していた。洗っていないペニスをしゃぶられることになり、躊躇せずにいられない。たとえお互い様だとわかっていても。

しかしながら、自分ばかりが好きに振る舞うのは、やはりフェアではない。ここは求めに応じるしかないと心を決め、その前にパンティを脱がした。彼女が素直におしりを浮かせて協力したのは、中途半端にめくられた状態で舐められるほうが、かえって恥ずかしかったからかもしれない。

恵介は佳菜子のすぐ隣に、逆向きで仰臥《ぎょうが》した。それから、上に乗るよう促す。シックスナインを求められていると、彼女はすぐ理解したはずである。けれど、上半身を起こしてこちらを見おろす眼差しには、戸惑いが浮かんでいた。

「さ、早く。おれの上に乗って」

急かされて、ようやく決心がついたらしい。先に牡の猛《たけ》りを握ると、それに摑まるみたいにして、恵介の胸を跨いだ。

「うう……み、見ないで」

佳菜子は声を震わせて命じたものの、無理な相談だった。丸々として重たげな熟れ尻が目の前に迫ってくるのに、恵介は感動を覚えずにいられなかった。

（すごい――）

その迫力もさることながら、お肉と脂肪がパンパンに詰まった、まん丸なかたちも素晴らしい。妹の菜々子のヒップも見事だったが、こういう体位のためか、姉のほうがさらにボリュームがありそうだ。

　この類《たぐ》い稀《まれ》な尻で顔に乗って欲しいと、切望が夏の入道雲のごとく湧きあがる。ところが、彼女は中腰の姿勢のままストップしてしまった。

「ああん、もう」

　やるせなさげになじり、たわわな丸みを揺らす。クンニリングスをされたばかりであっても、こんな破廉恥なポーズで尻を捧げるのはさすがに恥ずかしいのだろう。

　しかし、恵介は少しも待てなかった。本能に急かされて、もっちりした尻肉を摑み取ると、力任せにぐいと引き寄せた。

「あ、ダメ——」

　焦った声をあげた佳菜子は、何とか踏みとどまろうとしたらしい。けれど、不安定な姿勢でいたものだから少しも抵抗できず、男の顔面に勢いよく坐り込むこととなった。

「むうう」

　柔らかな重みをまともに受けとめ、息ができなくなる。しかし、恵介は屈することなく蒸れた恥臭を吸い込み、酸素の代わりにした。

「あああ、バカぁ」

嘆《なげ》いた同級生が、尻割れを忙しくすぼめる。不埒な鼻が挟み込まれ、谷間にこもっていた汗の蒸れた香りを知る。それもまた、牡の昂ぶりを誘発した。

(ああ、佳菜子のおしりが——)

ぷりぷりと弾力のある尻肉と、なめらかな桃肌にもうっとりする。顔にのしかかる重量感もたまらない。

彼女に恋い焦がれていた少年時代に、もしもこんなご褒美を与えられたら、十秒と保たずに爆発したであろう。今もしなやかな指に捉えられた分身が、痛いほどに脈打っている。ほんの数十分も前に、多量の樹液を放出したばかりだというのに。

感動と昂奮に包まれて、恵介は舌を差し入れた。恥割れに溜まったぬるい蜜を、ジュルッと音をたててすする。

「うう……恵介くんのヘンタイ」

明らかに感じているふうに艶尻をわななかせつつ、佳菜子がなじる。だが、悪戯な舌が秘核を捉えると、そんな余裕もなくなった。

「あ、あ、くううう」

豊臀がすぼまり、丸みに筋肉の浅いへこみをこしらえる。クリトリスを執拗に吸い転がされることで、彼女はあられもなく乱れだした。

「イヤイヤ、あ、そこは弱いのぉ」

くねる尻は逃げたいのか、それとももっと舐めて欲しいのか、分裂した動きを示す。いよいよ切なさがピークに達したらしく、息づかいもハッハッと荒くなった。

「も、もう、いやぁ」

佳菜子は気を紛らわせるように、ペニスにむしゃぶりついた。

ちゅぱッ――。

最初から強く吸いたて、強ばりきった肉胴も指の輪でこする。体幹を電撃のような愉悦が走り抜け、今度は恵介が呻く番だった。

「むふぅううっ」

腰をギクギクと跳ねあげ、女陰部に熱い息を吹きかける。さらに彼女の舌が敏感なくびれにまつわりつき、こびりついたものをこそげ落とすように動いたものだから、堪えきれずにのけ反った。

「あああ……」

こちらの口撃が止まったのを幸いと、佳菜子が攻勢を強める。ピチャピチャと舌を躍らせ、敏感な先端を飴玉のように舐めしゃぶった。

（うう、気持ちいい）

さすが元人妻であることが窺える熟達した技巧は、菜々子の稚拙なフェラチオとは雲泥の差がある。性感が高まり、このままでは遠からずほとばしらせてしまいそうだ。

それに一矢報いるためでもなかったが、目標を変更する。たっぷりした尻肉を左右に割ると、谷底の可憐なツボミがあらわになった。

綺麗な放射状のシワは、淡いセピア色に染められている。周囲には短い恥毛が疎《まば》らに生えており、それがやけに卑猥だ。

恵介は頭をもたげると、尻の谷間に鼻面を突っ込んだ。蒸れた汗の匂いを好ましく感じつつ、排泄口たるすぼまりをチロリと舐める。

「ンふッ!」

佳菜子が尻をすぼめ、勢いよく吹き出した鼻息が陰嚢にかかる。それにもかまわずアヌスを舐めくすぐると、さすがに黙っていられなくなったか、ペニスを吐き出した。

「ば、バカ、そこは――」

なじるのと同時に、腰を浮かせて逃れようとする。だが、恵介は熟れ尻をしっかりと抱え込み、決して離さなかった。

そして、尖らせた舌先をツボミの中心に抉り込ませる。

「ど、どこ舐めてるのよ――くううう、あ、ダメぇ」

舌の洗礼を受ける秘肛が、休みなく収縮する。シワのあいだに残っていたものが唾液に溶け出したか、淫靡な香ばしさと甘苦さが感じられた。

（菜々子のと似ているかも）

もっとも、妹とおしりの穴の匂いや味が似ているなんて言われても、困惑するばかりであろうが。それ以前に、菜々子と関係を持ったことを知られるのはまずい。

「ううう、い、いい加減にしなさい」

同い年なのに、佳菜子が年上ぶった口調で叱る。だが、何を言っても無駄だと悟ったか、再び牡の屹立を深く咥《くわ》え込んだ。欲望を放出すればおとなしくなると考えたのだろう。

「ん……んふ、むぅ」

せわしなく鼻息をこぼしながら、強ばりをねぶり回す。頭を上下させ、すぼめた唇で肉胴をしごいた。さらに、牡の急所である嚢袋も揉み撫でる。

男と女のせめぎあいは、佳菜子のほうに分があった。アナル舐めでいくら辱めを与えても、それが快感に直結するわけではない。むしろ、ただ回り道をしているだけであって、敏感な部位を的確に攻めるほうが優位なのは当然である。

（まずい、このままじゃ――）

またも彼女にイカされてしまう。続けて二度というのは、さすがにみっともない。

仕方なく肛穴ねぶりは諦め、恵介はクンニリングスに戻った。ふくらんで包皮を脱ぎ、艶めく姿を覗かせている秘核を吸い転がすと、佳菜子は乱れだした。

「んんッ、う——ふむぅうう」

桃尻をくねらせ、鼻息を吹きこぼす。それでも懸命に舌を動かして亀頭をしゃぶっていたが、いよいよ我慢できなくなったらしい。

「ぷはぁ」

のけ反ってペニスを解放し、下肢をワナワナと震わせた。

「あ、あ、ダメ……あああ、そこは弱いからぁ」

あられもないことを口走り、女芯をいやらしくすぼめる。

クリトリスは菜々子もかなり感じていたが、佳菜子はそれ以上だ。性感がよく発達しており、イキやすくなっているようである。

(旦那さんと別れてから、オナニーで欲望を鎮めていたとか)

だったら、今度は彼女を絶頂させてあげようと、恵介は一心にお気に入りポイントを責め続けた。舌先ではじき、包皮ごと唇で挟むと、強く吸いたてる。

「あふ、は、くはぁああ、い、いいのぉ」

はしたないよがり声をあげて快感に屈服し、佳菜子はそそり立つ肉根に両手でしがみついた。尻を振り、歓喜の果てへと舞いあがる。

「いい、いい……あああ、イクイク、い——イッちゃふぅッ！」

がくッ、ガクンと女体が波打つ。恵介の顔を内腿で力強く挟み込むと、激しく痙攣して昇りつめた。

「う——むふッ、ううう、はあ……」

息を荒ぶらせてオルガスムスに漂った彼女が、間もなく脱力する。

「くはっ、はぁ、は——」

ペニスの根元に顔を埋め、鼠蹊部に温かな息を吹きかけた。

（イッたんだ……）

ひと仕事成し遂げたような充足感にひたり、恵介は秘唇から唇をはずした。唾液をたっぷりと塗り込められたそこは、いっそうケモノっぽい淫臭を漂わせていた。

4

恵介の上から這いおりた佳菜子は、蒲団に身を横たえるとしばらくは動くことも億劫な様子だった。それだけ強烈なエクスタシーを得たということか。

「だいじょうぶ？」

心配になり、添い寝して顔を覗き込む。彼女は焦点の合っていないぼんやりした眼差しを向け、「うん」と小さくうなずいた。それから、

「いやらしいひと……」

眉間に浅いシワを寄せてなじる。

「おしりの穴まで舐めるなんて、どこでそんなことを覚えたの？」

「どこでって——」

「恵介くん、真面目で優しいひとだと思ってたのに、意地悪だしヘンタイだし、わたしの勘違いだったのかしら」

ため息までつかれ、そんなに酷《ひど》いことをしたのだろうかと、己の行動をふり返る。だが、そこまで責められる謂れはないと思えた。

（たぶん、イカされたことが恥ずかしくて、そんなことを言うんだな）

佳菜子だってあんなに激しくペニスをしゃぶったのであり、要はお互い様だ。それを自分ばかりが被害者のように振る舞うのはフェアではない。

（だったら、本当に意地悪をしてやろうか）

恵介はふっくらした乳房に手を置き、優しく揉みながら問いかけた。

「佳菜子は、旦那さんと別れてからどうしてたの？」

「え、何が？」

「だから、セックスしたくなったときさ」

これには、彼女は瞬時に頬を染め、うろたえて視線を泳がせた。

「な、何もしてないわよ。相手がいないんだもの」

それが取り繕った答えであることは、容易に見抜けた。相手がいないというのは嘘ではなさそうだったものの、何もしていないなんてことはあるまい。

「相手がいなくても、ひとりでしてたんじゃないの？」

「ひとりでって——ば、バカっ！」

明らかに図星を突かれたとわかる反応だ。けれど、ただ質問するだけでは、素直に打ち明けることはないだろう。

恵介は乳房の手を外すと、それを素早く秘園へと移動させた。

「だから、ここを自分でいじってたんじゃないの？」

果てたあとも愛液は少しずつ滲み出ていたらしく、そこはヌルヌルしたものにまみれていた。恥唇を軽くこすっただけで、熟れた裸身がピクンとわななく。

「あ、ダメ――」

佳菜子は咄嗟に腿を閉じたものの、悪戯な指を完全に制することはできなかった。ふくらんだままの秘核をいじられ、たちまち乱れだす。

「あああ、ダメなのぉ。い、イッたばかりなのにぃ」

どこか甘えを含んだ声音に、恵介はからだが無性に火照るのを覚えた。もっともっと苛《いじ》めたくなる。

「こんなふうにして、自分で気持ちよくなったことないの？」

「くうう、い、意地悪……」

「ね、教えてよ」

剝き身のクリトリスを指頭でヌルヌルと摩擦され、女体が歓喜に跳ねる。

「や、やめて、今、すごく敏感なのよ」

「だったら正直に話して」

「うう……あるわ」

「週に何回ぐらい？」

「そんな――に、二回ぐらい」

リアルな回数は、おそらく正直な答えに違いない。佳菜子は恥辱の涙をポロリとこぼした。

（やっぱりオナニーをしてたのか）

成熟したボディが自らの指で快感に悶える場面を思い浮かべ、悩ましさが募る。彼女もひとりの女であることを、改めて意識させられた。

「もう、そんなこと訊いて、何がうれしいのよ⁉」

涙目でなじる佳菜子は、どうにかお返しができないかと考えたのだろう。恵介の股間に手をのばすと、硬く強ばりきったものを乱暴にしごいた。

「そういう恵介くんはどうなのよ。東京でガールフレンドもいないみたいだし、自分でしてるんでしょ？　週に何回ぐらい——」

「だいたい毎日じゃないかな。長くても二日空けることはないと思うけど」

あっさり答えられ、彼女は面白くなさそうに頰をふくらませた。

「そんな簡単に答えたらつまんないわ」

愛撫に身悶えつつ、違う質問を口にする。

「じゃあ、今まで、何人ぐらいの女の子と寝たことがあるの？」

生々しい質問に答えることをためらったのは、人数だけを答えるだけでは済みそうになかったからだ。嘘をつけない性格だから、相手が誰かなんて訊かれたくはない。だいたたい、その中には菜々子もいるのである。

だから恵介は、よりねちっこく指先を律動させた。

「あ、あ、いやぁ」

強烈な快感を浴びた佳菜子が、体軀を波打たせる。手にしたペニスを強く握り、頭を左右に振って髪を乱した。

「誰としたかなんてどうでもいいよ。おれは、佳菜子としたいんだから」

「わ、わたしも――」

すでに発火点近くまで熱くなっていた彼女は、躊躇することなく同意した。恵介が身を重ねると、潤みきった秘苑に牡の猛りを導く。

「こ、ここに」

亀頭がめり込んだところから、温かさがじんわりと広がる。たっぷりと濡らされた蜜壺は、抵抗もなく肉根を迎え入れるはずであった。

けれど、佳菜子は性急な侵入を望まなかった。

「ね、ゆっくり挿れて……久しぶりだから」

濡れた瞳には、わずかに怯えの影が見える。本当に離婚して以来、男と親密な関係を持ってこなかったのだろう。

「わかった」

うなずくと、表情に安堵が浮かぶ。強ばりの指がはずされ、すべてが恵介に委《ゆだ》ねられた。

「いいわ、来て──」

瞼を閉じた彼女が、両手で二の腕に摑まる。迎える覚悟を示すかのように、指が筋肉に喰い込んだ。

恵介は真っ直ぐに進んだ。丸い頭部が肉唇を割り広げ、膣口の狭まりを捉える。柔らかな粘膜が、少しずつ関門を開いた。

「あ、あ、あ──」

佳菜子が小さな声を洩らす。焦りをあらわにしたものの、亀頭の裾野が入り口をぬるんと乗り越えるなり、大きく息をついた。

「はあ……」

捉えたくびれを、膣口がやわやわと締めつける。恵介も快さに喘いだ。しかし、これで終わりではない。さらなる深みを目指して、腰を沈み込ませる。

「ああ、く、来る──」

胸が反り返り、乳房がたふんと揺れる。あとは抵抗もなく、女体はペニスを根元まで受け入れた。

「ああ……入ったよ」

告げると、濡れた媚肉がキュゥッとまつわりついた。

「わ、わかるわ」

内部がかすかに蠢《うごめ》く。ふたつの性器はジグソーパズルのピースみたいに、ぴったりと嵌まり込んでいる。恵介は感動を覚えた。

（ああ、とうとう佳菜子と……）

ついに遂げられたという思いが、深い一体感をもたらしたのだろうか。しかも、かつて彼女の妹と初体験をした部屋で交わっているのだ。

「ああ、すごい……恵介くんの――」

挿入しただけなのに、佳菜子は早くも息をはずませていた。

「え、なに？」

「あのね、恵介くんのが、わたしのとすごく合ってる感じがするの。もともとひとつだったものが、また巡り合ったみたいに」

どうやら彼女も同じ感覚を得ているらしい。恵介は嬉しくなった。

「それだけおれたちの相性がいいってことだよ」

「本当にそうだわ……あん、恵介くんの、すっごく脈打ってる」

悩ましげに身をくねらせた佳菜子が、ふとつぶやいた。

「もしも恵介くんとお付き合いしてたら、わたしは今よりずっと幸せだったかもね」

瞳を潤ませた同級生に、恵介は何も言えなかった。様々な思いが胸から溢れそうになっていたのに、伝えることをためらう。

（おれはやっぱり、ここにはいられないんだ……）

そうとわかっていながら抱いたのは卑怯ではないのか。自責の念にかられたものの、それを打ち消すように彼女が動きをせがんだ。

「ね、突いて、いっぱい――」

促され、恵介は腰を引き、再び進んだ。

「くううぅッ」

佳菜子が呻き、身を反り返らせる。膣内がどよめき、もっとしてというふうに締めつけてきた。

（うう、気持ちいい）

動いたことで快感が爆発的に高まり、恵介は早くも果てそうになった。巧みなフェラチオで高められたあとだった所為もあるだろう。

それでも歯を食い縛り、目の奥でパチパチとはじける快美の火花と格闘する。硬い肉槍で女窟を貫き、退くときにはくびれの段差で柔ヒダを掘り起こす。

「あうう、か、感じるぅ」

あられもない声をあげ、佳菜子が裸身をわななかせる。二の腕を摑む手にいっそうの力が込められ、痛いほどだった。

おかげで上昇が抑えられ、抽送《ちゅうそう》の速度があがる。

「あ、はッ、あふっ、くうう」

よがる女体が熱を帯び、なまめかしい甘酸っぱさを振りまく。抉られる女芯はきゅむきゅむと忙しく収縮した。

「ああ、いい、いいの、恵介くぅん」

彼女はいよいよたまらなくなったようで、首っ玉に縋りついてきて、唇を求め、荒々しく吸う。

くちづけをしながらのセックス。上も下も深く交わることで、全身が悦び一色に染められる。慌ただしく腰を振りながら、恵介はこの上ない一体感にひたって上昇した。

「む、う、うう――ふはぁッ」

鼻だけの呼吸では保たなくなり、佳菜子が唇をほどく。あとは息づかいとよがり声をはずませ、快感に身をよじった。

「気持ちいい……ああ、こんなの初めてぇ」

あられもないことを口走り、女膣をいやらしくすぼめる。淫液をたっぷりまぶされた結合部が、グチュグチュと卑猥な音をたてた。

「おれも気持ちいい、最高だよ」

「ああ、恵介くぅん」

鼻にかかった甘え声を洩らす彼女が、たまらなく愛おしい。しっかりと抱きしめ、腰だけをリズミカルに振り続ける。

「あ、あ、すごい……あああ、イキそう」

佳菜子はたちまち上昇し、「う、うッ」と喜悦を喉に詰まらせた。

「おれも……あ――出そうだ」

「いいよ、な、中に」

震える声で許可を告げられ、恵介はいっそう激しく腰を叩きつけた。

「あ、イク、あ、イク、あああ、イッちゃうぅ」

「佳菜子、おれもいく。中に出すよ」

「うん、うん……あ、イク――くふぅうううッ！」

長く尾を引くアクメ声を張りあげ、熟れた裸身がバウンドする。恵介もペニスを忙しく出し挿れしながら、めくるめく瞬間を捉えた。

「むうううっ」

鼻息を荒ぶらせて呻き、熱情の滾りを勢いよく噴きあげる。

「あ、あ、出てる──ああ、熱いのぉ」

体奥にほとばしりを浴びた佳菜子が、のけ反って体軀をヒクつかせた──。


「……恵介くん、明日には東京なんだよね」

汗と気怠《けだる》さにまみれた裸体を重ね、オルガスムスの名残にひたっていると、佳菜子が掠《かす》れ声で確認した。

「うん」

「寂しくなるわ……」

長年の思いが滲み出たようなつぶやきに、恵介の胸は痛んだ。彼女を残して東京に戻ることに、罪悪感を覚えたのだ。

それでいて、好きだった女の子に告げたのは、慰めにもならない言葉だった。

「また帰ってくるよ」

「いつ？　お正月は？」

「はっきりとはわからないけど、来年のお盆にはきっと」

「迎え火といっしょに？　それってご先祖の霊みたいね」

白い歯をこぼしてからかう佳菜子の目は、今にも泣き出しそうに潤んでいた。

第五章　帰るべき場所

1

八月十七日。

恵介は午前九時過ぎに、小さなボストンバッグを提《さ》げて家を出た。駅まではバスで向かうのだ。

昨日、佳菜子は別れ際に、明日は駅まで送ろうかと申し出てくれた。けれど、それだと別れがつらくなる。涙を見せない自信もなかったから断った。その代わり、来年の夏には必ず帰省すると約束した。

『それまでには、わたしも幸せを摑《つか》めるように頑張るわ。だから、恵介くんもね』

潤《うる》んだ瞳で励ましてくれた彼女に、恵介は危うく泣いてしまうところだった。

要するに、抱きあうのはこれっきりだと言われたようなものである。だが、そこには東京に戻る恵介の重荷になるまいとする、佳菜子の優しさが溢《あふ》れていた。

だから泣きたくなったのだ。

（ありがとう……佳菜子――）

夏の蒼《あお》い空を仰ぎ、心の中で呼びかけてから、恵介はバス停に向かって歩き出した。

途中、道路の補修工事をしている現場に遭遇した。二車線の県道は片側が塞《ふさ》がれ、誘導員が車を交互に進行させている。

もっとも、お盆を過ぎた今は交通量も激減し、車など滅多に来ない。誘導員も手持ちぶさたなふうだ。

（え、あれは――）

だいぶ近づいてから気がつく。ヘルメットをかぶり、反射素材のついたチョッキを着用した誘導員は、同級生の内田だった。

「よお、恵介」

彼も気がついて手をあげる。

「暑い中仕事か。大変だな」

「いや、もうだいぶ涼しいほうだぜ。恵介は東京に帰るんか？」

「ああ。おれも仕事に戻らないと」

「またこっちに来ることもあるんだろ？」

「うん。正月はわからないけれど、来年のお盆には戻るよ」

そうやって言葉を交わすあいだも、内田の目は往来を確認していた。当たり前のことだが、どんなときでも仕事を蔑《ないがし》ろにはしない。

（どこにいたって、みんな頑張ってるんだよな……）

自分は東京でやっていくんだという気概も湧いてくる。

「じゃあ、そのときはまた飲もうぜ」

「ああ、『ぽぷら』でな」

「今度は酔い潰れんなよ」

「それは言うなって。じゃ、また」

「おお、気をつけてな」

ふたりは笑顔で別れた。

一時間に一本しかないバスに乗れば、五百メートルも進まないところでストップした。さっきとは違う工事現場にぶつかり、停められたようである。

何気なく窓の外を見た恵介は、そこが『ぽぷら』の前であることに気がついた。

「ああ……」

ほんの何日も経っていないのに懐《なつ》かしさがこみあげ、小さな嘆息を洩らす。今回の帰省は、すべてここから始まったと言っていいかもしれない。

そのとき、店のドアが開いて、バケツとデッキブラシを手にした女の子が出てきた。玄関先の掃除をするのだろう。防水エプロンで前をカバーし、ピンクの可愛い長靴を履いた彼女は、麻由美だった。

童顔で、それほど長くない髪を左右で縛っているから、やけに幼く見える。だが、すでにバージンではないのだ。

（おれ、本当にこの子を抱いたのかな）

行為の細部まで思い出せるのに、こうして昼間の彼女を目にすると、夢か幻のように感じられる。

気になるのは、あのときのことを麻由美は後悔していないのだろうかということだ。菜々子は幸福な初体験だったみたいだと代弁してくれたけれど、もしかしたら失敗を認めたくないから、他人に対して取り繕ったことを述べただけかもしれない。本当のところは、本人にしかわからないのだ。

（麻由美ちゃんはどう思ってるんだろう……）

恵介はついじっと見つめてしまった。その視線を感じたらしく、彼女が不意にこちらを振り仰ぐ。

『あっ!』

聞こえなかったものの、口のかたちと表情から、驚きの声を発したのだとわかった。

プシューッとエアブレーキの排気音をたて、停まっていたバスが動き出す。恵介は小さく手を振った。別れることに、一抹の寂しさを感じながら。

すると、麻由美がこちらにぐいっとVサインを突きだしたのである。それも、とびっきりの愛らしい笑顔を見せて。

『ありがとう——』

唇がそう動いたように見えたとき、視界から彼女の姿は消えていた。けれど、それで充分だった。

(こちらこそありがとう……)

胸に温かなものを感じながら、恵介はシートの背もたれにからだをあずけた。

窓の外を、故郷の景色が流れてゆく。八月はまだ二週間も残っているが、すでに秋の気配が忍び寄っているようだ。

田舎《いなか》の夏は、あっ気ないほど去るのが早い。

2

急行から乗り継いだ新幹線が東京駅に到着したのは、午後二時二十分だった。

ホームに出るなり都会の熱気に包み込まれ、恵介は軽い目眩《めまい》を覚えた。こちらはまだまだ夏真っ盛りというふうだ。

帰省のピークは過ぎているものの、夏休みということもあって子供連れの姿が目立つ。甲高《かんだか》いはしゃぐ声があたりにわんわんと響き、耳鳴りのようであった。

と、ホームの行く手に見覚えのある後ろ姿を見つけ、（あれ？）と思う。もっとも、正確には後ろ姿ではなく、むっちりして魅力的なヒップラインであったのだが。

同じ新幹線に乗っていたらしいその人物は、白いブラウスに黒のパンツという、これまた見知った服装だ。キャリーバッグを引いて歩く彼女を、恵介は早足で追いかけた。

（東京には昨日戻ったんじゃないのか？）

あるいは人違いだろうかと首をかしげつつ、新幹線乗り場の改札を出たところで追いついたのは、間違いなく菜々子であった。

「村瀬――」

呼びかけると、振り返った彼女は驚きをあらわに目を丸くした。

「あ、先輩。今日こちらに戻られたんですか？」

「うん。今着いた新幹線で」

「じゃあ、わたしと同じのに乗ってらしたんですね」

屈託のない笑みを浮かべる同郷の後輩に、恵介は戸惑いを隠しきれなかった。

「だけど、昨日こっちに戻ったんじゃなかったのか？」

「え？」

「一昨日、そう言ってたじゃないか。明日帰るって」

「ああ……」

菜々子が《そうでしたね》というふうにうなずく。それから、恥ずかしそうに目を伏せたのは、プレハブ校舎でセックスをしたときのことを思い出したからではないか。

「ちょっと寄るところがあったんです。用事を済ませてひと晩泊まって、さっきの新幹線に乗ったものですから」

教えられて、恵介がドキッとしたのは、あるいは恋人のところに泊まったのではないかと考えたからだ。

（そうだよな……こんなに素敵な女性になったんだし、彼氏がいてもおかしくないんだ）

遠距離恋愛でそう頻繁に会えないから、帰省した機会に立ち寄ったのだとか。だとすれば、一昨日のことは故郷でのほんの戯《たわむ》れということになる。

「用事って？」

胸が痛むのを覚えつつ、恐る恐る訊《たず》ねると、彼女は少しためらってから答えた。

「原稿の依頼です。ここ何年も書かれていない作家の方がいて、ただ、わたしはその方の作品がとても好きなものですから、書下ろしをお願いしに行ったんです」

帰省先から戻るときも仕事をしていたとは。熱心なんだなと感心すると同時に、恋人ではなかったと知って恵介は安堵した。

（——て、何を期待してるんだよ）

佳菜子から、妹である菜々子の気持ちを聞かされたこともあって、妙に意識してしまう。頬が紅潮しそうになり、焦《あせ》って話題を探した。

「その作家って、ひょっとして——」

自分も中学時代に愛読していた作家の名前を挙げてみる。そのひとはたしか、故郷と東京のあいだにある、地方都市の出身だったはずだ。

途端に、菜々子が表情を輝かせた。

「はい、そうです。わたし、先輩からその方の作品を薦《すす》めてもらったんですよ」

嬉しそうに打ち明けられ、そうだったかなと戸惑う。けれど、明るい笑顔を前にして、恵介の頬は自然と緩《ゆる》んだ。

「そっか。それで、書いてもらえそうなの？」

「すぐには承諾の返事がいただけなかったんですけど、また連絡を取ってみるつもりです。ずっと構想しているストーリーがあるそうですから」

単に売れる本を出したいのではない。好きな作家にいい作品を書いてもらいたいという気持ちが、表情に溢れていた。

おそらく、あのベストセラーもそういう思いから出版にこぎつけたのだろう。だから多くのひとから受け入れられたのだ。

「頑張ってるんだな、村瀬」

励ますつもりでもなく、その言葉が唇からポツリとこぼれる。すると、彼女はきょとんとした顔を見せた。

おそらく、本人はただ好きなことをしているぐらいの気持ちなのだろう。だからこそ、こんなに生き生きしているに違いない。打算も欲もなく、自分の読みたい本を一冊でも多く出したいと考えているのだ。

（それにくらべて、おれはただ焦るばかりで……敵《かな》うわけないいな）

また自己嫌悪に陥りそうになる。

と、窺《うかが》うようにじっと見つめてきた菜々子が、控えめな口調で申し出た。

「あの……もしお時間があったら、わたしの部屋に来ていただけませんか？」

「え？」

「先輩にお渡ししたいものがあるんです」


私鉄に乗り換えて着いた先は、都心からはずれた住宅地。菜々子の住まいは駅から徒歩十分の距離にある、かなり古びたマンションだった。

玄関のセキュリティこそしっかりしていたが、ベランダにひらめく洗濯物の感じからして、長年住み続けている世帯がほとんどのようである。若い女性がひとりで住むのに、あまり相応《ふさわ》しいと思えない。

「あそこの給料なら、もっといいところに住めるんじゃないのか？」

エレベータに乗り込んでから訊ねると、菜々子は小首をかしげた。

「でも、買ったものを置くスペースを考えると、このぐらいの物件が手頃だったんです。それに、住むだけの場所にお金をかけるのは好きじゃないですから」

招かれたところは、二DKの角部屋であった。

ダイニングキッチンを抜け、八畳ほどの洋間に入る。彼女はそこを居住スペースとして使っているようだ。テレビやベッドの他、ドレッサーや洋服ダンスまである。必要な家具や電化製品をひと部屋にまとめたらしく、かなり手狭だ。本人がお金をかけたくないと言ったとおり、余計な装飾はまったくない。

（部屋はあんまり女の子っぽくないな）

まあ、もう二十代も後半だし、人形や小物を飾って喜ぶような年頃でもないだろう。ただ、しばらく留守にしていたから、そこには熱気の他に、悩ましくも甘い香りがこもっていた。

「あ、ちょっと待ってください」

顔を赤らめた菜々子が急いで窓を開け、空気を入れ換える。さらに、隣の部屋へ続く引き戸も開けた。

そちらを覗き込んで、恵介は驚愕した。

同じく洋間であるが、すべての壁を隠すぐらいに大きな書棚が並んでいる。ハードカバーを中心に本がぎっしりと詰まっており、そこに入りきらないものが床にも積み上げられていた。

（すごい……）

書斎どころではない。ほとんど図書館だ。彼女はこれをすべて読んだのだろうか。

「すみません。散らかってて」

そちらも換気した菜々子が、恥ずかしそうに頭を下げる。

「村瀬は、これを全部読んだのか？」

「床に置いてあるのは、まだのものもありますけど、だいたいは。また新しい本棚を買わなくちゃいけないんです」

プライベートでも勉強を惜しまない姿勢に、恵介は感服するばかりだった。

「すごいな……ほんとに」

ため息交じりに告げると、彼女は焦ったふうにかぶりを振った。

「あ、べつに仕事のために読んでるんじゃないですよ。ただ本が好きだから、こうして買い集めてるだけなんです。ほとんど趣味みたいなものなんですから。だから、二度と読み返さないなって思ったら、実家に送っちゃうんです。おかげで、帰省したときに母からさんざん文句を言われちゃいました。ウチは書庫じゃないんだからって」

いくら趣味でも、そうそう真似のできることではない。給料の多くを本代に充てているのではないか。好きなことを仕事にして、それで結果が出せるなんて羨ましい話だ。

（村瀬はまったく欲がないみたいだから、かえってそれがいいのかもな）

そして、自らを省みて気づかされることがあった。

（そう言えば、おれは最近何を読んだんだろう……）

あんなに本が好きだったのに、読書量がめっきり減っている。おそらく、編集者になるべく就職活動を始めたあたりから。近ごろでは本屋に寄ることすらない。もちろん、菜々子が担当したベストセラーも読んでいなかった。

いつの間にか、本来の目標を見失っていたのだ。

（おれはただ、面白い本が読みたかっただけなのに――）

編集者はその手段でしかない。ところが、いつしか手段が目標にすり替わり、そこからドロップアウトしたことでいじけてしまった。今の仕事をしていても、本はいくらでも読めるはずなのだ。

いったい何をやっていたのかと落ち込む。こんな調子では、たとえ望むような文芸書の編集者になれたとしても、いいものが世に出せるはずがない。結果を求めるばかりで、作家を潰してしまうだろう。

（結局、おれにはその資格がなかったってことなんだな）

やり切れなさに苛《さいな》まれていると、菜々子が顔を覗き込んできた。

「あの……どうかしましたか？」

心配そうな面立ちに、恵介は照れくささを覚えた。

「いや、何でもない」

取り繕ってから、ここに招かれた理由を思い出す。

「そう言えば渡したいものがあるって――」

ところが、彼女は皆まで言わせず、

「あ、そこに坐《すわ》ってください」

と、ベッドを指差した。他に腰かけるものはないから、普段からソファー代わりにしているのだろう。

「ああ、うん」

「ちょっと待っててくださいね」

そう言い残し、菜々子がキッチンのほうに下がって戸を閉める。てっきりお茶でも用意するのかと思ったから、恵介は引き戸越しに「いや、おかまいなく」と告げた。

それから、余分のスペースがあまりない室内を見渡す。

（本当にここは、帰って寝るだけの場所みたいだな）

あとは読書をするぐらいか。彼氏がいる雰囲気もなく、独り身の生活を満喫しているようだ。ただ、掃除はきちんとしているらしく、ゴミも埃も見当たらない。

とりあえず勧められたことに従い、ベッドに腰をおろす。セミダブルのそれはシーツが洗いたてらしく、洗剤の香りがした。帰省前に取り替えたのではないか。

あとは所在なく部屋のあちこちを眺めて過ごす。十分ほど経ってから、キッチン側の戸が開いた。

「え⁉」

恵介は目を見開き、固まった。てっきりコーヒーか麦茶でも持ってくるのかと思えば、菜々子は手ぶらだったのだ。それどころか、服も着ていない。

肩や二の腕に雫《しずく》の光る裸身にはバスタオルが巻かれ、胸もとから腰までを隠す。むっちりと肉づきのいい太腿《ふともも》がまる見えで、ナマ白いそれがやけに眩《まぶ》しい。

(まさか――)

まったく予期していなかったから、軽いパニックに陥る。だが、彼女のほうは目許をほんのり染めつつも、ストレートな言葉を口にした。

「また恥ずかしい匂いを嗅がれたくないから、シャワー浴びちゃいました」

悪戯《いたずら》っぽい眼差《まなざ》しで睨《にら》まれ、恵介はうろたえた。これから何が行なわれるのかを示唆する発言だったからだ。

「先輩も浴びますか?」

無邪気な問いかけにも、すぐに答えることができなかった。

3

こちらが気後れするほど堂々としているように見えたのに、いざベッドにふたりで横になると、菜々子は恥じらった。くちづけを交わし、からだに巻いたバスタオルを取り去ろうとすると、

「あん、待ってください」

と、頬を真っ赤にして抗《あらが》う。

「待つって、いつまで？」

「あの……心の準備ができるまで」

母校でセックスを求めた大胆さが嘘のよう。今にも泣きだしそうに瞳を潤ませる。下半身だけでなくすべてをさらけ出すことになるから、羞恥《しゅうち》を禁じ得ないのか。

だが、おかげで恵介のほうは落ち着くことができた。腰に巻いていたバスタオルをはずし、先に素っ裸になる。

ペニスは七割がた勃起していた。菜々子の手を導いて握らせると、たちまち最大限に硬

くなる。

「ああん」

悩ましげなため息をつき、絡めた指に強弱をつける年下の女。身をしなやかにくねらせたのを見計らい、胸もとに押し込まれていたバスタオルの端をほどくと、今度は抵抗しなかった。

「恥ずかしい……」

つぶやきながらも、一糸まとわぬ姿になる。ふっくら盛りあがった乳房はお椀型で、頂上の突起は一度も吸われたことがないみたいに、清らかな桃色だった。

「綺麗だよ、菜々子」

こういうときに苗字は相応しくないと考えたのであるが、名前で呼ばれた彼女は意外だという顔で目を見開いた。けれど、はにかんでしがみついてくる。

「うれしい……先輩――」

たったそれだけのことで喜ぶなんてと、恵介はちょっとびっくりした。いや、名前は関係なく、綺麗だと言われたことが嬉しかったのかもしれない。

(菜々子は本当におれのことが好きだったのかな)

バージンまで捧げたのだから、そういう気持ちがあったのは事実なのだろう。けれど、今はどう思っているのか。

疑問を抱きつつ、恵介はしっとりした肌を撫で回した。窓を閉めてエアコンを点けているものの、火照《ほて》った肉体は新たな汗を滲《にじ》ませているようである。

「先輩の、すごく硬い……」

牡《おす》の猛《たけ》りを緩やかにしごきながら、菜々子がつぶやく。相変わらず覚束《おぼつか》ない愛撫ながら、それが妙に好ましく感じられる。

お返しというわけではなかったが、恵介も彼女の秘所に手を差しのべた。か細い秘毛が指に絡み、その真下の裂け目をさぐれば、熱く湿っているのがわかる。

「くうう」

花びらを軽くこすっただけで、感に堪えない呻きがこぼれた。ヌルヌルしたもので指がすべる。シャワーで洗い清めたはずなのに、そこは早くも熱情の蜜液がまぶされているようだ。

（けっこう感じやすいんだな）

本好きだったからか、恵介は普段からあれこれ空想したり、あらぬ妄想をすることがある。菜々子もその類《たぐ》いに洩れず、想像力が豊かなぶん、その気になりやすいのかもしれない。

そして、これだけ濡れているのであれば、秘芯は生々しいかぐわしさを放っているのではないだろうか。

（舐めたい――）

感じさせたいのは確かだが、素の部分を知りたい気持ちのほうが強かった。彼女が何を考えているのか未だはっきりとわからないぶん、肉体だけでもありのままを暴きたくなったのだ。

恵介は秘部から手をはずしてからだの位置を下げると、淡いピンクの乳首に口をつけた。清楚な色合いそのままに、乱暴に吸ったら千切れてしまいそうに柔らかだったから、舌を当てて細かく震わせる。

「くううう」

菜々子が背中を浮かせ、喜悦の呻きをこぼす。下半身が左右にくねり、おっぱいも快いポイントだとわかった。

そして、ふにふにと頼りなげだった突起が、充血して硬くなる。一回り以上も大きくふくらんだようだ。

しこった乳頭を舌先ではじくと、「あ、あッ」と甲高い声があがる。円柱状のそれは側面のほうが感じるらしく、唇でモグモグと甘咬みすると、上半身も切なげに揺れだした。

「ああ、せ、先輩――」

嗚咽《おえつ》交じりの呼びかけに、恵介はねちっこい愛撫で応えた。もう一方の乳首にも吸いつき、解放したほうは指で摘《つま》んであげる。

「あふっ、ア――はふぅン」

鼻にかかった喘ぎ声が、牡の劣情を高まらせる。反り返って下腹を打ち鳴らす分身を持て余しつつ、恵介はさらに下降した。愛らしい縦長のヘソにキスをしてから、いよいよ羞恥帯へと到着する。

「うう……」

膝を離して秘部をあらわにさせると、菜々子は下唇を噛んで呻いた。いくら洗い清めたあとでも、恥ずかしさまでは拭《ぬぐ》い去れないのだろう。

むわ――。

蜜にまみれた女芯が、温めた乳酪臭をたち昇らせる。前回と体位が異なる上、股間が大きく開かれているから、花びらは淫らに咲きほころんでいた。

「そ、そんなに見ないでください」

涙声でなじられても、魅惑の秘苑から目を離すことは不可能だ。濡れ光るピンクの淵を凝視すれば、その部分がキュッとすぼまった。

(ああ、いやらしい……)

小さな洞窟から薄白い恥蜜が溢れ出す。ヨーグルトに似た甘酸っぱさが強まり、ただ見ているだけでは我慢できなくなる。

「あ、今日は舐めなくてもいいですからね」

こちらの内心を悟ったか、菜々子が焦って釘を刺す。けれど、それに従う義務などない。恵介は熱気をこぼす恥唇に口をつけた。

「ああ、イヤっ！」

腰がよじれ、柔らかな内腿が頭を挟み込む。だが、すでに手遅れで、不埒《ふらち》な舌は濡れ割れに忍び込み、ほの甘い蜜をかき回した。

「ああ、あ、駄目ぇ」

菜々子は逃げようとずり上がったが、ヘッドボードに頭がぶつかり、すぐに進路を絶たれる。あとはクンニリングスの快感によがり、艶声をあげるのみとなった。

「くうう、あ、あああ、そこは——イヤイヤ、許してぇ」

忌避の言葉を口にしつつも、彼女は一昨日よりも深い悦びにひたっているようだ。仰向けているから舌が深く入り込み、濡れ粘膜を容赦なくねぶられるからだろう。

そして、敏感な肉芽を吸い転がされ、いっそう激しく乱れだす。

「あああ、あ、そこは弱いのぉ……くふぅうう、い、いやぁ」

腰がいく度もバウンドし、すぼまる恥裂が舌をキュッキュッと締めつける。滲み出るラブジュースは甘みを増し、恵介は唾液に溶かしたそれで喉を潤した。

（ああ、美味《おい》しい）

体内から彼女の色に染まってゆく心地がする。

（こっちも感じるのかな？）

膣口に舌を入れるなり、そこがせわしなく収縮した。

「おおお、あ――」

クチュクチュと出し挿《い》れすれば、低いよがり声があがる。より深いところで感じているふうだ。

ならばと、指でクリトリスを刺激しながら女窟を抉《えぐ》ると、女の色香を放つボディがエクスタシーの波に巻かれた。

「あ、あ、だ、駄目――イッちゃう」

下腹が鞴《ふいご》のごとく波打ち、全身が暴れ出す。しっとりと汗ばんだ内腿が、攣《つ》りそうにわなないた。

「あうう、い、イクぅ――」

呻くように絶頂を告げるなり、裸身が強ばる。

「う、うう、はあ……」

力尽きて手足をのばし、菜々子は胸を大きく上下させた。柔らかな乳房がプリンみたいにふるふると揺れる。

恵介は身を起こすと、ふうとため息をついた。アクメの余韻にひたる後輩を見おろし、やけに現実感のない感慨にひたる。

「はあ、ハァ――」

艶《つや》めいてはずむ息づかいは、なかなかおとなしくならない。プレハブ教室で導いたオルガスムスよりも、快感は大きかったようだ。

彼女は寝返りをうって横臥《おうが》すると、胎児のようにからだを丸めた。こちらに向けられたたわわなヒップは、唾液と愛液が伝ったためだろう、臀裂がべっとりと濡れている。わずかに覗く秘肛のシワも赤らんで、淫靡《いんび》な様相を呈していた。

(挿れたい――)

不意に激しい衝動が湧く。恵介は菜々子の膝を摑んで仰向けにさせると、了承も得ずに裸体を重ねた。

「え……?」

虚ろな眼差しが見あげてくる。肉槍の尖端が女窟の入り口を捉《とら》えていることに、彼女は気がついていないようだ。

「挿れるよ」

短く告げ、恵介は腰を沈めた。

「え？　あ、あ、くううううーッ」

からだの芯《しん》を容赦なく貫かれ、菜々子はのけ反って歯を食い縛った。女体がワナワナと震え、牡を迎えた内部が慌てたように蠢《うごめ》く。

（ああ、気持ちいい）

心地よい濡れ穴にペニスを根元までずっぷりと埋め、恵介はうっとりする快さに腰を震わせた。だが、彼女がゼイゼイと喉を鳴らしているのに気がつき、挿入を急ぎすぎたのかと心配になる。

「だいじょうぶ？」

声をかけると、呼吸が落ち着いてから瞼《まぶた》がゆっくりと開いた。

「……もう、いきなりなんてひどいです」

涙目で睨まれ、「ごめん」と謝る。すると、思ってもみなかった言葉が返された。

「わたし、ほとんど経験がないんです。もっと優しくしてください」

「え、経験がないって——」

「これがまだ三回目なんですから」

それはつまり、恵介としか交わっていないことになる。

ふくれっ面ながら、彼女の目は真剣そのものだ。担《かつ》いでいるわけではなさそうである。

「じゃあ、彼氏とかいなかったのか?」

「はい……わたしがしたのは、先輩とだけです」

さすがに恥ずかしくなったのか、菜々子が視線をはずす。

八年前の初体験、一昨日の教室セックス、そして今と、彼女は自分にだけからだを許していたということか。恵介はとても信じられなかった。

(じゃあ、菜々子は今でもおれのことが——)

ただ、本当にそうなのかと訝《いぶか》ってしまうのは、一度も好きだと告げられていないからだ。八年前は姉のフリをしていたのであり、一昨日も今日も、自分から誘惑をしかけた。少しも想いを伝えようとせずに。

だが、不意に中学時代の彼女が蘇り、そういうことかと気がつく。

(なんだ……やっぱり菜々子は、あのころから全然変わってないんじゃないか)

内気でおとなしく、ひとと言葉を交わすことも満足にできなかった少女。今でこそ美しく成長したが、内面はそのままなのではないか。度胸こそついて思い切った行動はとれても、本当の気持ちは打ち明けられずにいるのだとか。

「……何を考えてるんですか？」

いつの間にか菜々子がこちらを見つめていた。

「ああ、いや――中学の頃の菜々子を思い出してたんだ」

「え？　や、やだ……」

うろたえ気味に目を泳がせたから、あのころの自分にコンプレックスがあるようだ。だが、何かを決意したように表情を引き締める。

「わたしは、あのころから先輩のことが――」

そこまで口にして泣きそうになり、唇を歪める。素直な気持ちを告げられない自分をもどかしく感じているとわかり、恵介はようやく彼女が理解できた気がした。

（不器用なんだな、菜々子は）

仕事で結果を出せたのは、決して器用に立ち回ったからではない。むしろ要領が悪いぐらいで、地道に努力を重ねてきたのだ。ひたむきに、生真面目《きまじめ》に。

もしかしたら菜々子は、自分の手がけた本が評判を得たことに戸惑っているのかもしれない。だからこそ、天狗になることなく真摯に仕事を続けているのだろう。

そして、妹のそういう性格がわかっているからこそ、佳菜子は彼女を疎《うと》ましく感じながらも、無情に突き放すことができないのではないか。

菜々子のほうは、普通に姉を慕《した》っているような気がする。ただ、恵介が佳菜子を好きだったから、心穏やかでいられない部分もあろう。一昨日、佳菜子の話題を出したときに表情が強ばったのは、今は独身である姉と、好きな男がくっついたらどうしようと焦ったためだと解釈できる。

ひょっとしたら、だから八年前のことを打ち明けたのかもしれない。大胆な行動にも出て、恵介を繋ぎ止めようとしたのだとか。

(昔から姉さんのものを欲しがってたっていうけど、菜々子は少しでも佳菜子に近づこうとしただけなんじゃないのかな)

こうして外見こそ似たものの、根は相変わらず臆病で、いざというときに素直な自分を出せない。わざと大胆に振る舞ったり、気持ちとは裏腹の行動をとったりする。

(おれと違う高校に進んだのは、おれが佳菜子のことばかり見ていたから、諦めようとしたのかもしれない)

だが、完全に想いを断ち切ったわけではなかった。あるいは姉が結婚して、チャンスだと思ったのではないか。

八年前のあれは、そんな菜々子にとって絶好の機会だったわけだ。素の自分を出さずに、好きな男と結ばれることができたのだから。

いつも遠回りをしている後輩。大胆なのかと思えば繊細で、たしかに摑み所がない。けれど、そんなところがたまらなく可愛いと思う。

涙目で見つめてくる菜々子に、恵介はそっとくちづけた。舌を入れることもなく優しく吸ってあげると、美しく成長したボディから緊張が抜ける。

唇をはずしたときには、眼差しが穏やかになっていた。

「そう言えば、おれに渡したいものがあるって言ったよね？」

訊ねると、菜々子は一瞬きょとんとしたものの、すぐに思い出してうなずいた。

「はい……」

「ひょっとして、セックスをさせてあげるっていう意味？」

「いえ、違います。あの──」

ちょっと迷ってから、彼女は怖《お》ず怖ずと確認した。

「先輩は、わたしが手がけた本、まだ読まれてませんよね？」

「うん、ごめんな。今度ちゃんと読むから」

「いえ、あの……その本をお渡ししたかったんです。あれは、誰よりも先輩に読んでいただきたかった本ですから」

「じゃあ、おれのために作ったたってこと？」

「もちろん自分が読みたかったものではあるんですけど、それだと独り善《よ》がりになっちゃうから……先輩なら、きっと面白いと思っていただけるはずなんです」

直接何かを伝えるのではなく、本を作ることで喜んでもらおうとしたわけか。間怠《まだる》っこしい性格にあきれつつ、その気持ちはとても嬉しかった。

「ありがとう。是非読ませてもらうよ」

「いいえ、お礼を言わなくちゃいけないのはわたしのほうです。だって、本を読む楽しさをわたしに教えてくれたのは、先輩なんですから」

はにかんだ笑顔に、胸が狂おしいほど締めつけられる。募る情愛に抗えず、恵介は再び彼女にくちづけた。

今度は、もっと情熱的に。

「ン――んふぅ」

菜々子も切なげな吐息をこぼし、差し込まれた舌に自分のものを絡めた。ヌルヌルと擦れ合うことで、全身に官能が行き渡るよう。

そうやって唇を交わしながら、腰を叩きつけて性器でも深く交わる。ペニスを勢いよく突き挿れられ、菜々子はくちづけをほどいてのけ反った。

「あうう、ふ、深いーっ」

波打つボディが細かな痙攣《けいれん》を示し、乳房がふるんとはずむ。これが三回目のセックスということだが、肉体は女としての悦びに目覚めているようだ。それだけの年齢になっているのだから当然か。

だが、それだけではないのかもしれない。

「気持ちいいかい、菜々子？」

問いかけに、彼女は息を荒ぶらせながら「は、はい」と答えた。

「感じやすいんだね。本当に、おれとしかセックスしてないの？」

「ほ、本当です……ああ、信じてください」

「信じるよ。だけど、自分でしたこともあるんじゃない？」

「え!?」

「そうでなきゃ、こんなに感じないと思うんだけど」

指摘され、菜々子は耳たぶまで真っ赤になった。これでは答えなくとも認めたようなものだ。

「わ、わたし、そんなこと——はううッ」

膣奥を突かれ、またのけ反る。

「自分でするときは、どんなことを考えているの？」

「え？　あ、あ、や、やだ」

「そのときも、こんなふうに感じるんだよね。誰のことを考えながらしてるんだい？」

「いやいや、ああ、そんな……くううう」

快感を与えられながらの恥ずかしい質問に、彼女はどうやら混乱してきたようだ。肉根をリズミカルに出し挿れされる女膣も、ぢゅッ、ぢゅっと卑猥な粘つきをこぼしだす。

「ほら、すごくいやらしい音がしてる。自分でするときも、こんなに濡れるの？」

「あ、ああッ、はい……いっぱい濡れますぅ」

「それで、誰のことを考えているの？」

「や、やん――先輩のこと」

とうとう白状し、「うっ、う――」と恥辱の嗚咽をこぼす。目尻から涙の雫がぽろりとこぼれた。

「エッチな子だね、菜々子」

「あうう、だ、だってぇ」

「おれ、そんな菜々子が大好きだから」

少しも迷うことなく告白してしまったものだから、自分でもびっくりする。

「え――」

潤んだ瞳が大きく見開かれる。次の瞬間、愛らしい美貌がクシャッと歪んだ。

「わ、わたしも先輩が好きです！」

気持ちをストレートに訴え、菜々子がしがみついてキスを求める。恵介は柔らかな唇を吸いながら、いっそう激しく腰を振り続けた。

「う、う、む――ふはッ、あ、先輩ぃ」

「気持ちいいよ、菜々子。もういっちゃいそうだ」

「は、はい……今日は中に」

「わかった。ああ、大好きだよ、菜々子」

「わたしも……ああ、先輩、先輩ぃぃ」

淫液をたっぷりとまぶされたペニスが、狭窟内を忙しく往復する。柔ヒダが敏感なくびれをこすり、目のくらむ快美に腰の動きがぎくしゃくする。

「うう、あ――い、いく」

愉悦の波に巻かれ、恵介は爆発した。全神経が蕩《とろ》けるのを感じつつ、熱情のエキスをほとばしらせる。

びゅるンッ――。

最初の飛沫を子宮口に浴びるなり、菜々子が「あぁッ!」と歓喜の声をあげる。汗にまみれたボディが、しなやかにくねった。

4

外に出ると、夕暮れが街の風景を赤茶けた色に染めていた。昼間の熱気は影をひそめ、ぬるい風が頬を撫でる。

電車に乗った恵介は、窓の外を流れる東京の風景に目を向けた。今朝までいた故郷とはまるっきり異なる眺めは、ほんの数日離れていただけで異世界のように映る。

だが、ここが自分の居場所なのだと、強く信じられた。

(まだまだやれるさ……できるところまで頑張ってみよう)

小さくうなずき、バッグから本を取り出す。さっき受け取った、菜々子が手がけたベストセラーだ。

読み終えたら、直接感想を伝えると約束した。それから、中学のときみたいに、また一緒に本の話をしようとも。

彼女は涙ぐみ、嬉しそうにはにかんだ。

同じ東京の空の下に菜々子がいる。もうひとりじゃないという思いが大きくなり、恵介は胸底から力が湧くのを感じた。

嫉妬や羨望は過去のものだ。生まれて初めて、本当に大切なパートナーを見つけられた気がする。

いや、彼女はずっとそこにいた。そのことに気がつかなかっただけなのだ。

家に帰るまで待ちきれず、恵介は本を開いた。記号でしかない活字が紡ぎ出す、広くて深い世界が目の前に広がる。

それは久しぶりに味わう、至福のひとときだった。

恵介はいつしか本の中に惹き込まれていた。電車がどこを走っているのか確認することなく、少年時代のように夢中になって読み耽った。

著者注・この作品はフィクションであり、登場する人物および団体名は、実在するものといっさい関係ありません。

夜の同級会

一〇〇字書評

切り取り線

購買動機（新聞、雑誌名を記入するか、あるいは○をつけてください）	
□（　　　　　　　　　　　　　　　　）の広告を見て	
□（　　　　　　　　　　　　　　　　）の書評を見て	
□ 知人のすすめで	□ タイトルに惹かれて
□ カバーが良かったから	□ 内容が面白そうだから
□ 好きな作家だから	□ 好きな分野の本だから

・最近、最も感銘を受けた作品名をお書き下さい

・あなたのお好きな作家名をお書き下さい

・その他、ご要望がありましたらお書き下さい

住所	〒				
氏名		職業		年齢	
Eメール	※携帯には配信できません	新刊情報等のメール配信を 希望する・しない			

この本の感想を、編集部までお寄せいただけたらありがたく存じます。今後の企画の参考にさせていただきます。Eメールでも結構です。

いただいた「一〇〇字書評」は、新聞・雑誌等に紹介させていただくことがあります。その場合はお礼として特製図書カードを差し上げます。

前ページの原稿用紙に書評をお書きの上、切り取り、左記までお送り下さい。宛先の住所は不要です。

なお、ご記入いただいたお名前、ご住所等は、書評紹介の事前了解、謝礼のお届けのためだけに利用し、そのほかの目的のために利用することはありません。

〒一〇一‐八七〇一
祥伝社文庫編集長　坂口芳和
電話　〇三（三二六五）二〇八〇

祥伝社ホームページの「ブックレビュー」からも、書き込めます。

http://www.shodensha.co.jp/bookreview/

祥伝社文庫

夜《よる》の同級会《どうきゆうかい》

平成24年 7 月30日　初版第 1 刷発行

著　者　橘《たちばな》 真児《しんじ》
発行者　竹内和芳
発行所　祥伝社《しょうでんしゃ》
東京都千代田区神田神保町 3-3
〒101-8701
電話　03（3265）2081（販売部）
電話　03（3265）2080（編集部）
電話　03（3265）3622（業務部）
http://www.shodensha.co.jp/

印刷所　堀内印刷
製本所　ナショナル製本
カバーフォーマットデザイン　芥　陽子

Printed in Japan ©2012, Shinji Tachibana　ISBN978-4-396-33779-7 C0193

祥伝社文庫の好評既刊

橘　真児
恥じらいノスタルジー
久々の帰郷で藤井を待っていたのは、変わらぬ街並と、成熟し魅惑的になった女性たちとの濃密な再会だった…

藍川　京
蜜の狩人
小悪魔的な女子大生、妖艶な女経営者…美女を酔わせ、ワルを欺く凄腕の詐欺師たち！悪い奴が生き残る！

藍川　京
蜜の狩人　天使と女豹
高級老人ホームを標的に絞った好色詐欺師・鞍馬。老人の腹上死を画す女と強欲な園長を欺く秘策とは？

藍川　京
蜜泥棒
好色詐欺師・鞍馬郷介をつけ狙う謎の女。郷介の性技を尽くした反撃が始まった！　シリーズ第3弾。

藍川　京
ヴァージン
性への憧れと恐れをいだく十七歳の美少女、紀美花。つのる妄想と裏腹に勇気が出ない。しかしある日…。

藍川　京
蜜の誘惑
その肉体で数多《あまた》の男を手玉に取る理絵の前に彼女の野心を見抜き、けっして誘惑に乗らない男が現われた！

祥伝社文庫の好評既刊

藍川 京
蜜《みつ》化粧《げしょう》
父と子の男としての争い。彼らを巡る女たちの嫉妬と欲望。官能の名手が魅せる新境地！

藍川 京
蜜の惑《まど》い
欲望を満たすために騙《だま》しあう女と男。官能の名手が贈る淫らなエロス集！

藍川 京
蜜猫《みつねこ》
女の魅力を武器に、体と金を狙う詐欺師を罠に嵌めて大金を取り戻す、痛快かつエロス充満な官能ロマン。

藍川 京
蜜追い人
伸子《のぶこ》は夫の浮気現場を監視する部屋を借りに不動産屋へ。そこで知り合う剣持遊《けんもちゆう》也《や》。彼女は「快楽の天国」を知る事に…。

藍川 京
蜜ほのか
迫る女、悦楽の女、届かぬ女……。男盛りの一磨が求める「理想の女」とは？ 傑作『蜜化粧』の主人公・一磨が溺れる愛欲の日々！

藍川 京
柔肌まつり
再就職先は、健康食品会社。怪しげな名の商品の訪問販売で、全国各地を飛び回り、美女の「悩み」を一発解決！